문학과지성 시인선 525

슬프다
풀 끗혜 이슬

송재학 시집

문학과지성사

문학과지성사에서 펴낸 송재학의 시집

푸른빛과 싸우다(1994)
얼음시집(1995)
검은색(2015)

문학과지성 시인선 525
슬프다 풀 끗혜 이슬

초판 1쇄 발행 2019년 2월 27일
초판 3쇄 발행 2023년 5월 22일

지 은 이 송재학
펴 낸 이 이광호
주   간 이근혜
편   집 김필균 이민희 조은혜 박선우
펴 낸 곳 ㈜문학과지성사
등록번호 제1993-000098호
주   소 04034 서울 마포구 잔다리로7길 18(서교동 377-20)
전   화 02)338-7224
팩   스 02)323-4180(편집) 02)338-7221(영업)
전자우편 moonji@moonji.com
홈페이지 www.moonji.com

ⓒ 송재학, 2019. Printed in Seoul, Korea

ISBN 978-89-320-3523-9 03810

이 도서의 국립중앙도서관 출판예정도서목록(CIP)은 서지정보유통지원시스템 홈페이지
(http://seoji.nl.go.kr)와 국가자료공동목록시스템(http://www.nl.go.kr/kolisnet)에서
이용하실 수 있습니다. (CIP제어번호: CIP2019005614)

문학과지성 시인선 525

슬프다 풀 끗혜 이슬

송재학

시인의 말

옛 소설 「슬프다―풀 꿋헤 이슬」은 세창서관에서
1935년에 발간된 딱지본 『미남자美男子의 루淚』에 수록되었다.
일제강점기의 궁핍한 시인 진명의 이야기는
1910년대부터 1970년대까지의 역대 딱지본 중에서
가장 아름다운 제목을 만들었다.
그 이름에 기대어 열번째 시집을 궁리했으니
내 식민지 감정을 조금이나마 다독인 셈이다.

2019년 2월
송재학

슬프다 풀 끗혜 이슬

차례

시인의 말

1부

취산화서聚散花序*

   수국 곁에 내가 있고 당신이 왔다 당신의 시선은 수국
인 채 나에게 왔다 수국을 사이에 두고 우리는 잠깐 숨죽
이는 흑백사진이다 당신과 나는 수국의 그늘을 입에 물
었다 정지 화면 동안 수국의 꽃색은 창백하다 왜 수국이
수시로 변하는지 서로 알기에 어슬한 꽃무늬를 얻었다
한 뼘만큼 살이 닿았는데 꽃잎도 사람도 동공마다 물고
기 비늘이 얼비쳤다 같은 공기 같은 물속이다

   * 수국의 꽃차례는, 꽃대 끝에 한 개의 꽃이 피고 그 주위 가지 끝에
    다시 꽃이 피고 거기서 다시 가지가 갈라져서 그 끝에 꽃이 핀다.

시詩가 떠 있다

　에즈라 파운드의 묘역인 산미켈레섬은 붉은색 담장이 있고 측백나무가 있고 내가 경배하는 땅이지만, 섬의 그림자만 밟고 말았다 산미켈레섬의 낮달이자 초승달을 압정에 박힌 시로 기억하는 나에게, 글썽이는 섬에게, 낮달과 그림자는 자꾸 여위고 있다 기억을 삼킨 몇십 년 뒤의 산미켈레섬 전체가 낮달 안에서 말라가는 것을 미리 보았다 물의 혓바닥이 있기에 숨죽인 달그림자도 있다 나는 시라는 부러진 늑골을 찾아 여기까지 왔다 낮달의 입과 눈 속에 목발이 있어서 내 입술이 닿았다 은박지의 명암을 가진 낮달은 내 시선을 거두어간다 흘러내리는 속삭임을 어찌지 못해 봉제선을 남기고 꿰매버린 달의 두상은 모든 얼굴과 닮았다 초승달의 눈썹을 빼라고 가리키는 게 내가 아니라 울음이나 웃음이라면, 시는 한 번도 부력을 사용하지 않았던 질문을 가진 입이다 처음 말하기 위해 굳은 입술이 열릴 때, 시는 핏덩이를 잉크로 사용해야만 했다 지의류가 번지는 낮달의 무늬에는 산미켈레섬과 내가 나란히 누워 있다 시든 장미와 내 발자국이 다르지 않다는 것을 알게 된 후, 물의 오후에 나는 다시 도시로 돌아왔다 두개골 일부를 낮달에 착, 떼

어놓고 왔는지 편두통이 조금 가시었다 시가 낮달처럼
떠 있다

눈썹 씨의 하루

눈썹 씨는 물끄러미 숲을 바라보는 오후를 보냈습니다 눈썹 씨가 좋아하는 정갈한 운동입니다 느리게 움직이는 나무 한 그루, 잎사귀 하나하나를 일일이 자신과 일치시키는 감정이기도 합니다 정지 화면을 한 장씩 스케치하는 내면이기도 합니다 무기력한 눈썹 씨의 근력을 따지자면 명상이 더 근사할 뿐입니다 눈썹 씨는 기억을 제 속눈썹에 올리기도 합니다 눈썹 씨에게 붙어가는 속눈썹이라는 이름은 길고 숱이 많아서 수줍은 눈썹 씨의 앞가림이기도 합니다 눈썹 씨에게 찡그린다는 눈짓은 곧 반성을 요구하는 몸짓이기도 합니다 기린이 'ㄱㄹ'이고 눈물이 곧잘 '눈'이 되는 것은 눈썹 씨의 초식성 때문입니다 눈썹 씨는 자신이 광합성의 재능을 가졌다고 믿습니다 생의 절반은 몸 일부였지만 눈썹 씨는 자신을 고스란히 옮겨주는 수면이 있다는 것을 비를 맞으며 빗방울에 젖으며 알았습니다 눈썹 씨는 무생물을 외면했습니다만 전생과 후생은 필연이라고 자각합니다 아니면 더 희미한 어떤 것, 구름의 그림자이거나 메아리이거나 연기의 외형이 자신을 짚어갔다고 생을 더듬어봅니다 가벼움은 언제나 눈썹 씨의 목표였습니다

하숙집

　봉산동 하숙집, 개량 한옥의 목청은 자꾸 낮아지고 기와지붕은 수북한 머리숱을 흩날린다 한 달에 한 번 하숙집 아주머니의 아저씨가 오는 날이면, 객차를 매달고 오는 증기기관차가 조브장한 'ㅁ' 자 시멘트 마당에 간이역을 꾸몄다 중력을 거스르려는 사춘기가 거들었다 모처럼 올라온 생선 반찬이 비리지도 않거니와 흰색과 분홍색이 화단에서 옹기종기 모이는 시간이다 대문마저 사람처럼 겨드랑이가 있어 그날만큼은 가렵다 일찍 불이 꺼진 게 백열등이 고장 난 탓이냐 이것은 잠들지 못하는 내 귀 근처 창호를 꽁꽁 닫았기 때문이다 소곤거리는 처마마다 헤르만 헤세 읽는 소리가 들렸다 마당만 지키는 감나무였기에 시앗이라는 소문에 들썩했지만, 아직 낯선 하숙집 사람들조차 식구처럼 포근했다 뒤척이는 봄눈을 보았던 사춘기가 어항의 수초 사이에 부끄럽게 누웠다 새벽 잔설을 따라 시베리아로 몰래 떠나는 기차는 불퉁거리다가 사람이었다는 기억을 잊지 않고 호박湖泊 속에 들어가 점점 단단하고 투명해졌다, 1968년 봄

드므라는 말

드므라는 말, 심심하지 않은가 수면 위의 '드'와 거울이라는 '므'의 부력을 생산하는 후설 모음이다 물을 마시고 저장하는 낮고 넓적한 독이라는데, 찰랑거리는 물소리 대신 말을 잘 구슬리지 못한 혀가 앞장서면서 계면쩍다 드므의 손잡이를 잡는데, 물냄새가 훅 다가오면서 브라운 운동 하는 물결의 수화문이 어지럽다 다시 뮬드므라고 들었기에 눈꼬리가 올라갔다 부적을 붙였기에 제 몸피보다 열 배 천 배 되는 물의 둥글고 모난 부피가 부풀었다 물이 물을 삼키듯이 물도 꾹꾹 쟁여놓을 수 있다 물의 입에 물을 퍼 담거나 물이 물을 쥐어짜거나 물은 물의 체온조차 외면하고 있다 불귀신의 얼굴을 요모조모 비추는 거울 같다는 드므, 뮬드므이기에 결국 가장자리는 개진개진 젖었다 하, 그렇게 불을 해찰하던 드므, 내 눈물이 필요하다는 드므, 경복궁 근정전 월대 모서리를 지그시 누르는 평생이 있다 드므라는 말, 무거운가 가벼운가

왼쪽 금동 귀고리

—순장殉葬

　1500년 전 열여섯 살 소녀의 왼쪽 금동 귀고리는 찰랑거렸다 귓불에 부딪치는 패금의 귀엣말은 달콤했다 누가 건네주었을까 바꽃의 독즙은 쓰디쓰다고 소녀의 금동 귀고리 하나는 진자 운동 하면서 누군가의 오른쪽 귀로 건너갔고 아직 발견되지 않았다 그건 언젠가 나타날 아지랑이의 다른 이름이다 이환耳環 모양의 아지랑이는 아직 없다 처음 소녀가 설렘으로 귀고리를 감추었을 때 미열 봉지로 친친 감쌌겠다 왼쪽 금동 귀고리가 꿰찬 빈혈의 몸은 열두 줄 가야 하늘의 속청처럼 푸르다 그래서 봄이란 이름에는 허공으로 올라가는 아지랑이 발자국이 있다 아, 가야금의 기러기발과 비슷하겠다 여름에는 여름 또는 초록이라고도 불렸다 눈이라는 이름에도 고개 돌려 하하 웃었다 별이라는 이름도 실팍했다 금이라는 이름으로도 냉큼 달려갔다 지금 소녀의 명찰은 22-01, 고고학이 만든 숫자이다 아직 부식이 끝나지 않은 이름이기도 하다

아직 별의 울음소리는 도착하지 않았다

꽃차례처럼 별이 운다 밤이니까 더 가까이 운다 별보다 더 맑은 소리는 별들 사이에 있다 거울도 어둠도 견디지 못하면서 금 가도록 운다 되돌아오지 않는 소리를 머금고 운다 맨살과 맨살이 부딪치는 게 얼마나 서러운지 울고 있다 하지만 창백한 별빛만 지상에 왔다 별의 울음소리는 아직 도착하지 않았다 별의 거처를 아니까 날이 밝아도 이별은 아니겠지만, 별도 꽃도 서로 갈피가 없다 녹슬지 않는 소리는 없기에 별빛은 잠들지 못하는 사람들의 시선을 담았다 별의 눈매는 가벼워서 별빛은 벌써 떠나고 눈물의 시늉만 저 별에 남았다 오, 우리가 방금 지켜본 별은 비문碑文이 있다

별과 별의 직선

별이 잠드는 곳은 별들의 숫자만큼 물웅덩이가 널렸다
는 서쪽
밤하늘에 별보다 더 많은 손금을 남기는
별의 잔상은 지상에서 건너간다는데
그게 위독인가 싶어 별과 별 사이
가장 빠른 직선을 그어보았다

나비와 나방의 차이

나방협회 문건의 요지는 내가 나방과 나비를 혼동한다는 것이다 나비만 너무 각광을 받았다고 비난했다 나비의 보호는 나방의 파멸을 부를 것이고 결국 인시류鱗翅類의 파멸로 이어진다는 경고장이다 나도 한때 야행성의 나방을 주목해왔다 나방과 나비 사이에 적대적인 시선 말고도 질투와 근친처럼 모자이크 처리된 말이 있다 나방은 무모하고 나비는 아름다운 걸까 하지만 나방의 단색은 내 취향이기에 그 부분만 답장을 보냈다

등불 주위를 맴도는 나방은 바로 등불의 주인, 나비에 대한 나방의 적의는 좀처럼 가라앉지 않는다 은줄표범나비가 등쪽에서 날개를 수직으로 세워 합치는 매혹은 답장에 적지 않았다 의문은 있다 나방이 녹음 소리 내면서 나비였을까 돌연변이 나비의 야행성 때문에 나방이었을까 내 불온한 장자몽이 도착했을 때 분가루 떨구는 날갯소리 들었다 나비 떼 솟아 나오기도 하고 나방 무리 한 움큼 머리칼처럼 빠져나오기도 하는 나비 꿈

18

자벌레들

아스팔트로 포장된 방죽길을 왼쪽으로 오른쪽으로 기어가는 자벌레, 한 뼘 두 뼘 자신이 가야 할 땅의 길이를 몸으로 재면서 꼬리가 가슴에 붙자마자 떨어지며 꼼지락 이동한다 초록색 몸이 햇볕에 그을리면서 고동색으로 바뀌는 자벌레들, 웬걸 오른쪽에서 왼쪽으로 느릿느릿 움직이는 자벌레도 있다 한쪽은 강과 연결된 풀숲이고 다른 쪽은 전답과 연결된 풀숲이다 풀숲은 서로 노려보는 중이다 사람에게 밟혀 몸이 터진 자벌레의 피는 푸른색, 풀숲의 풀잎 하나가 삐져나온 듯 눈을 찌른다 왼쪽으로 이동하는 자벌레들은 언젠가 왼쪽에서 오른쪽 풀숲에 도착한 무리다

민박

툇마루의 놋요강에 오줌발을 내린다
막 개칠을 시작하는 소나기는 미닫이부터 적신다
비안개의 아가미를 숨겨왔던 새벽이다

추녀의 숫자만큼 뒹구는 빗방울
느린 시간의 뒤에 좀벌레처럼 머무는 빗방울
머위잎을 기어이 구부리는 빗방울

빨랫줄의 참새가 방금 몸살을 터는 중이다
자주달개비 혀에 보랏빛이 번지는 중이다
질펀해질 마당이 막 소란해지는 중이다

자세히 보니 모두 알몸이어라

소나기

지직거리는 단파 빗줄기 사이로 물덤벙술덤벙하는 물
소리,

키 큰 연근밭 속에 물 항아리의 숨결들,

연잎에 고인 빗물이 몸져누우면서

연꽃 시렁에서 쏟아붓는 모람모람 물소리는 조신하다

정강이가 젖을 때마다 빗물은 항아리 주둥이를 연신
훔친다

잠들면 수만 평의 초록마다 수만 개의 물 항아리 냄새

물을 가득 채워 또 어디론가 떠나고 다시 빈 항아리가
도착했다

흰옷의 그림자는 없지만 누군가 항아리의 숫자를 헤아
리나 보다

옛 사진에서 얼굴의 해석

　얼굴은 원래 복잡했지만 바늘구멍의 오랜 노출을 거
치면서 쉽고 단순해졌다 접근이 쉬운 이목구비만 윤곽의
네온처럼 벽에 걸렸다

　하지만 플랑드르 화가들처럼 나 역시 얼굴의 복잡한
심리학에 마음이 끌린다 데스마스크를 묘사한 초상화에
서 코발트색 염료가 주검을 숨긴 것처럼 얼굴에는 오글
오글 저녁이 모여 있다

　찡그린 눈썹 때문에 저 낯선 소묘가 내 얼굴인지 의심
되는 순간, 얼굴의 심리는 흐릿하지만 풍경과 멀어진 흑
백이란 점에서 안도감이 생긴다 프레임으로부터 소외된
기하학은 희게 날아가버렸다 얼굴은 바늘구멍 너머 앙금
부터 재해석되었다 저건 사람으로부터 추출된 근대의 표
정이 아니라 원시 동굴의 벽화처럼 정령에 가깝다

　바늘구멍을 통과한 얼굴의 기억을 더듬으면 짐승과 사
람이 같은 해골을 사용하고 있다 눈동자가 있어야 할 자
리에 별과 어둠이 있는 것처럼

옛 사진에서 달의 항적

달이 보인다 바늘구멍을 통과해서 일부가 뜯어졌기에 하현달이다 달의 유적을 본다면 달은 늘 통점에 닿고 있다 달은 구름의 항적을 이끌고 왔는데 한숨이 들린다 뱉어야 할 소리를 한껏 머금은 달의 저 입은 어떻고? 가만히 숨 쉬던 아가미는 아직 기워지지 못했기에 달빛이란 게 있다 기흉 앓는 속 때문에 달은 자주 줄어든다 지금 베어 먹지 못할 시큼한 복숭아의 윤곽 때문에 달은 기아의 곡선이기도 하다 바람벽에 걸린 밤은 제 머리통인 달을 뜯어먹고 으스스 춥다 달이 필사적으로 페달을 밟으며 지상에 매달리기 때문이다

달맞이꽃/명상

물기가 마르지 않아 얼룩덜룩한 달이다 명상에 도달한 자의 손톱에 머문 흰 달에서는 징 소리가 울리지만 돌아보지 말자 오늘의 달빛은 상현이다 반달이니까 다음 반달과 겹칠 때까지 동안거 행색이다 한지를 잘 접으면 금방 곤충의 날개이듯 달빛이 스민 얇은 꽃잎의 호접몽은 부전나비 일생이다 그러니까 난청의 달빛은 빗살문처럼 번지고 싶고, 달맞이꽃은 달빛으로 가득 찬 창고 하나를 온전히 제 앞으로 옮기고 싶다 꽃의 안쪽에 새긴 결가부좌의 생각을 적는 일도 창고라는 생활이다 달맞이꽃은 달빛의 잉크를 사용한다

달맞이꽃/월식

달빛의 불안은 꽃에게도 번졌다 달빛은 손금의 점성술을 믿는다 거기 새겨진 소름들, 달맞이꽃을 배달하는 물결은 소박한 등롱을 얻었다 느린 호흡을 하는 어둠이나 불빛도 기계식 아가미가 필요하려나 달맞이꽃은 달의 통점까지 웃자라서 초승에서 그믐까지의 홍등이 왜 죽음을 따라오는지 프린트한다 물결을 거느리고 꽃 냄새가 종이배처럼 도착했다 바람의 손가락들이 죄다 달을 가리킨다 달의 가면이 변색하니까 달의 기척을 향해 컹컹 개가 짖는다 월식이다 달 속에 빨려들어 가는 것들만큼 달에서 삐져나오는 향기 때문에 사정없이 개가 짖는다 돌아오지 못하는 것들도 있기 때문이다

달맞이꽃/아프면

    달맞이꽃의 표정에는 입 다물겠다는 착색이 있다 막다른 골목의 도드라진 노란 대문 같다 자꾸 두꺼워지는 노란색 때문에 가로등은 희미하다 직렬 꽃대 아래 다친 늑골의 푸른 그늘이 생겼다 병원의 찡그린 가을이 지척이다 낮은 창틀과 나란히 선 달맞이꽃의 이마에 달빛이 부서지기에 정갈한 붓 하나 빌렸다 두 손바닥으로 담아야 할 달빛들이 산산이 흩어지는 동안 입안에 머금어보는 저 달빛의 과육, 길눈 어두운 보행이 또 한 달쯤 견디는 부력은 달빛에서 비롯된다 부러진 늑골을 이어가는 예서체의 달빛이다

26

불가능의 흰색

흰색의 눈에 띈다는 것은 슬픈 일이다 수컷 곰이 배고픔 때문에 새끼를 잡아먹는 북쪽에는 남몰래 우는 낮과 밤이 있다 흰색의 목마름이 색깔을 지운다면 지평선은 얼음을 지운다 허기진 북극곰이 흰색을 삼키거나 애먼 흰색이 북극곰을 덮친다 얼룩진 흰색과 검은 흰색이 아롱지듯 겹치고 있다 솟구치는 선혈과 찢어지는 피륙마저 희고 붉기에 금방 얼어버리면서 흰색이 아니었지만 흰색이라고 말할 수밖에 없는 불가능한 흰색이 되고 만다 가까스로 흰색 너머 낮달의 눈가가 짓무른다면 유빙을 떠도는 드라이아이스는 유령이라는 단막극을 되풀이한다 용서를 구하는 북극황새풀이 흰색 앞에 엎드린다 사랑한 것들로부터 상처받는 흰색이다 흰색의 손과 내부가 서로 등 돌리고 있다 하루 종일 환하거나 어두운 여기 흰색이라는 귀 없는 해안선이 자란다

성긴 것을 소疏라 하고 **빽빽한** 것을 밀密
이라 하니 바람에게도 해당되는 성질이다

내 안에 손을 넣어 바람이 만져지면 감정이 변하는 해
발 5천 미터
현기증은 높이에의 연민이다
그 높이라면 살이 문드러져도
시선은 또렷해진다
높이는 또한 허공이라는 지루한 넓이를 생각한다
호수의 미열만큼 햇빛도 고인다
예감도 미래도 퇴적하는
그 높이에서도 산이라 불리는 상승하려는 기운이 있어
바람의 힘줄이 슬며시 탱탱해진다
거기, 사원이 있는 지점이다
더 이상 나무이고 싶지 않은 심심한 감정이 머물고 있다
바람의 육신은 오직 눈 위에서만 발자국을 남기지만
애써 형상이 없기에
바람은 사원의 귓바퀴 노릇을 한다
몸을 원하는 메아리가 그곳에 있다
노대바람의 되풀이로
엷은 소금기마저 희미해지는 중이다
바람의 끈을 따라 하는 가건물이

세워졌다 다시 허물어진다
국경 고개 근처
바람의 심해어에 손을 넣으면
인燐이 칠갑된 답장을 받을 수 있다

메아리

지하 생활 몇 개월,
난 아직 이곳의 번역본을 갖지 못했다
창이 많은 공간을 찾다가 홀리듯 지하실로 들어왔다

껍질 없는
메아리는 지하실의 본능이다
메아리가 낯설기에
나도 어딘가로 스며드는 버릇이 생겼다
메아리의 울림은 꽃피는 순서와 다를 바 없다

되살아나는 멸종된 언어도 배웠다
이를테면 문어체를 닮은 얼룩들,
모음과 자음이 느슨하게 엮인 원시 지느러미들,
어둠 속에서만 사용했던 방언도 있다

메아리가 똬리 튼 고독한 모서리는
불빛의 모가지도 외면한다
침묵이 소리를 알 때까지
말과 말 사이를 메우는 어둠을 알 때까지

지하실에서 말은 단순해지고 있다

어둠을 통과하는 말이다

지하 생활자들의 수기가 짧아지는 이유다

마네킹 살인 사건

굴다리 아래 버려진 왁왁 쓰레기들
그래도 우미한 마네킹은 흔하지 않지
늙고 계면쩍은 검은색까지 더해졌다

가까운 공장 굴뚝의 연기들
이건 또 무슨 수다스러운 혀인가

누구도 붙잡을 수 없었던 처음부터 불편한 손발
매끈한 단면만 본다면 옷을 입는 데 거추장스러워
스스로 잘라버렸다, 아프지 않아 붕대가 필요 없는
손발이 생긴 셈이다
아무것도 보아서는 안 되기에 만들어지지 않았던 얼굴
어떤 이목구비보다 훨씬 농담濃淡이 짙다

아, 이젠 옷을 벗어던진 슬픔이기 전에
토르소, 덜컥 동체만으로도 아름다운 노래이기 전에
지금은 불가촉의 마네킹
연인에게 느닷없이 버림받았다
복화술을 했던 그녀가 죽은 지도 한참,

죽인 자는 사라졌지만 죽은 자는 남았다

꽃 지는 날

우리는 어디에서 헤어지는가 혼백의 이목구비가 이럴
까 꽃나무 아래 유령의 손짓에 이끌리는 꽃잎들, 낙화하
면서 꽃이었던 기억은 죄다 빗물에 씻겨버렸는가 붉은색
마저 헐벗었구나 향긋한 꽃잎이 아니라면 익숙한 서체인
거지 어디에서 왔느냐 묻지 않고 어디 가느냐 묻지 않는
다 꽃잎을 도려낸 얇은 입김에 얹혀 혓바닥에 앉은 종기
처럼 납작 엎드린 슬픔, 검은 바위에 부적처럼 붙어 있다
가 문득 혼과 백의 입말로 나뉘어 또 어딘가 흩날리겠지
너라는 영혼은 안간힘이기 전에 우선 꽃잎 또는 아껴놓
은 꽃잎이 남았기에 우리는 어디에서 다시 만난다는 거
지 꽃잎이면서 자꾸 무엇을 가리키는 열 개의 손가락은
반드시 챙기면서

숲속에 흰 피가

아직 어둑한 새벽 숲에 흰 피가 솟았다고 섬뜩한 마음을 진정시킨 건 바로 흰 피, 숲속에 어둠이 많은 이유처럼, 금방 흘러내려 고일 듯한, 때로 너무 흥건하기에 누군가의 손바닥으로도 담지 못할, 허공으로 치솟은 느낌이 아쉬워 출렁이다가 멈춘 흰 피, 다시 돌아갈 수 없는 절망처럼, 목이 사라진 그대로, 이건 산사나무 흰 꽃인 거야 여름과 가을의 산을 매일 다녔건만 산사나무 한 그루도 만나지 못했는데, 불현듯 숲의 양각과 음각으로 도드라진 꽃나무 무리는 작당한 듯 얼굴 대신 여기저기 흰 꽃의 손을 공중에 들어 올렸다 꽃 피기 전 나무의 모가지마다 피가 가득 고여 있었다는 속삭임도 들었다 내 목을 만졌다

2부

물은 언제 뜨거워지는가

　　종일 비가 와서 날씨는 경극의 배경과 잘 어울린다 찻잎을 물에 띄울 때 고요의 눈썹은 내가 그린 듯 가깝다 먹구름과 싸우면서 제 높이를 슬슬 키웠던 능선 그림자도 한 움큼 물에 뛰어들었다 물은 언제 뜨거워지는가 물이 쉽게 끓기나 할까마는 물이 펄펄 끓으면 영혼은 현실과 마주친다 양철 주전자가 물의 온도에 접근하면서 마침내 쇠붙이까지 물의 감정을 읽을 수 있게 되었다 주둥이에서 쇄쇄 김이 올라오고 때마침 뚜껑이란 뚜껑은 죄다 들뜨면서 10리쯤은 편자를 달아 도망갈 기세이다 물도 주전자도 뜨겁다고 뜨거워 못 견딘다고, 이제 너희가 외쳐라

돼지의 머리맡에 누운 축생들

뭉클한 창자에서 모락모락 올라오는 기운이 사납다면
물론 돼지의 도축입니다 우물에 두레박 떨어지는 소리가
오래되었으니 더운물이 준비되어 있었을 겝니다 방혈과
탕박 뒤에 살찌는 걸 두려워하지 않았던 비만의 계급에
칼집을 넣자 소위 돼지라는 이름이 안간힘으로 붙잡았던
시절이 꾸역꾸역 나왔습죠 꽃살이거나 낙엽살이거나 고
들살 또는 항정살이거나 등겹살이거나 갈매기살의 길고
긴 수다이기도 합지요 하지만 그걸로 다시 한 마리의 돼
지를 짓기에는 육질은 이미 식고 말았죠 무엇보다 돼지
는 제 몸의 열 배쯤 되는 저가豬加*를 기름 덩어리 속에
숨기고 있었더랬어요 저 벼슬아치의 배를 다시 가르면
엄청난 지육들, 저 혼자 식탐을 부린 건 결코 아닙니다만,
저 안에 저보다 더 큰 놈에게 멱살 잡혔던 날들이 부지기
수입니다 저 방광에 밀대를 꽂고 바람을 불어 넣는다면
금방 돼지입니다 외부보다 내부에서 이미 돼지로 자라고
있었습지요 오래전부터 돼지 냄새는 온통 죄의식으로 길
러졌습니다

* 고대 부여의 관직. 저가의 돼지 저豬는 해당 부족의 토템에서 연유
되었고, 가㪚는 족장의 의미이다.

참척慘慽, 4월의 글자

　자식이 부모보다 먼저 죽는다는 이 글자는 자디잔 가
시로 가득하다
　그 가시들은 뼈의 혼란에서 건져낸 것이다
　가시들은 여기저기 돌아다니다가 결국 잔해를 찾아 눕
는다
　가시들은 점점 몸 깊이 박힌다
　가시들은 서로 찌르다가 제 눈을 찌르기도 한다
　가시들이 눈물샘에 떠밀려 와서 비로소 참척이라는 뼈
의 글꼴이 갖추어진다
　낯설고 빽빽한 획이 그곳에서 프린트된다

고무장화

겨울을 바라보는 연근밭의
수로는 바짝 말랐지
측은하다는 듯 고무장화 한 켤레 있네
초록이 무성할 때부터 버려졌기에 낯설진 않았어
들개가 그 안을 비비다가 인기척을 피해 멀리서 지켜
본다네
장화 안에 숨었던 냄새를 모르겠다는 거지
방금 벗어둔 듯 별로 낡지 않았지만
누구라도 차마 고무장화를 확인하지 못했다네
시린 발이 툭 떨어질까 봐
고인 핏물이 뭉클 쏟아질까 봐

그 안에 잠시 머물렀던 무엇을 누가 모를까

자화상

　먼저 너를 그렸다 성글어 다시 너를 그렸다 머리칼과 귀의 해안 너머, 눈동자는 자꾸 그림의 뒤쪽으로 또르르 굴러간다 그 너머 어젯밤이 남아 있다 네가 말한 이유와 말하지 않는 감정이 별빛과 별빛이 아닌 명암으로 바뀐다 네가 내 날씨마다 간섭하듯 미끄러져 왔던 거지 네 얼굴 위에 꽃의 실루엣을 입혔다 너의 체온이 피부에 비친다 꽃잎마다 희고 붉은 부력이 생겼기에 네가 생각나는 꽃이다 붉게 달아오른 것이 꽃잎인지 불꽃인지 찬물을 붓는다 피지직 불 꺼지는 소리만으로 혹은 너의 얼굴만으로 생을 알 수 없기에

　결국 나를 그렸다 너를 지우지 않고 덧칠했다 꽃잎 위에 쓰러진 무르팍만 본다면 내가 걸어온 길들은 서랍처럼 열리거나 닫히는 중이다 무채색처럼 나는 너와 섞이고 만다 손바닥에도 시선이 있는 듯, 볼 수 없지만 인기척을 느끼는 눈동자가 손바닥에 박혀 있다 테레핀 냄새만 맡은 건 아니겠지 나이프만으로도 눈썹 그리기는 가능하니까 너의 눈동자가 움직인다 내 안에 있는 너와 내 속에 있는 네가 동시에 눈을 떴기에

　얼룩마다 이름을 달았다 사람들이 반지하의 창을 지나

갔다 발소리는 대낮에 듣는 생의 수군거림이라고 생각하
기에

그때 너는 바다로 들어갔다/그때 너는 무엇이었느냐

　저녁의 뻘로 귀얄질하면서 바다의 얼굴은 뭉개어졌다 분명한 이목구비가 없기에 느린 피도는 머리칼을 밀고 간다 독백이 있어야 할 자리마다 집어등이 차례차례 켜진다 그때 너는 되돌아보았느냐 뻘이란 뻘 모두 사춘기인 것을, 바다가 먼바다를 끌어당기듯 어둠이 어둠을 받아 적는 것도 보았다 그때 너는 너를 끄집어내어 헹구었느냐 바다는, 바다의 모서리마저 점자처럼 더듬거린다 희고 검은 종소리가 물고기 떼처럼 육체를 통과했다 물결이 멈춘 점토판 위에서 너는 무엇이고자 했느냐 담금질이 계속되는 부글거리는 물속, 거꾸로 매달린 수많은 눈동자, 바다의 얼굴은 파도 아래 온전했다 그때 너는 금간 얼굴을 들었다

터널

터널을 지나가는 기차는 밤의 솟대를 가졌다 밤이 어
두운 게 아니라 이것은 캄캄해지기 전 내가 품었던 의심,
지상에 없는 어둠이 우리를 덮었다 터널을 통과할 때 기
차는 산의 중심을 다시 뚫어야 한다는 앙다문 결심을 지
울 수 없다 어쩌면 터널마다 찾아다녔다 바퀴와 부딪치
는 레일에는 아무도 알지 못할 불꽃이 피었다 그게 무언
지 알기 위해 길고 긴 기적 소리가 필요했다 허벅지 연
한 살을 씹으며 기차가 지나갔다 무릎 연골을 파먹으며
기차가 지나갔다 기차가 오기 직전에야 들숨이 허락되
고 터널이 열렸다 괴물이 괴물을 달래는 순간 공기는 멈
춘다 터널 속에 몇 개의 등불을 남겨놓았다는 기차, 기차
꼬리가 보이지 않자 죄의식을 삼키는 중이라는 터널, 뼈
만 빠져나왔다는 기적 남기고 터널은 닫힌다

목판화로 듣는 개의 울음소리

수십 마리 개의 울음소리,
통점을 기억하려는 송곳니의 적의가
목판화의 산벚나무 한 겹을 뜯어내고 여백마다 숨어들
었다
사육장이 가깝다
뾰족한 나뭇가지는 무심코 허공을 찌르다가 허공에 박
혔다
낮달마저 음각된 박제로 멈추었다
다시
개 짖는 소리가
핏물을 버리듯 엎질러졌다
바람이 불어도 도꼬마리 일가는 뻣뻣하게 흔들린다
퀭한 겨울은 거울 속과 다름없는
목판화의 독백 속으로 이동했다
생과 짝을 이루려는
거울은 이미 산산조각 났지만
단색의 강추위 때문에
함부로
깨어지거나 흩어지지 못하고 이 앙다물고 있다

먹물을 가득 묻힌 겨울이다

발자국을 기다리는 발자국

폭설주의보 때문에

눈의 높이를 자꾸 물어보는 침엽수림 사이

발자국이 생겼다

무엇을 삼킨 것인지

깊이가 다른

발자국마다 눈빛이 필요했기에

서릿발 같은 흰 칼이 차례대로 꽂히긴 했지만

깁스한 붕대가 더 시선을 이끈다

눈이 몇 차례 오다 말다 했지만

발자국은 지워져서는 안 될 이유 때문에,

발자국을 기다리고 있다

눈의 무게를 견디지 못한 삭정이들이

똑똑, 부러지면서도

눈 소식을 궁금해한다

적설량을 들어 올린 뒤 두터운 새 떼가 날아갔다

흰옷을 입고 흰 깨금발로 지나가는

눈보라의 눈썹 부근에서

누군가 잠시 돌아서서

자신의 발자국을 보았다

따라오지 못하고
떨고 있는 자신의 맨발을 지켜보았다

육체의 풍경
— 부검

마음 여린 저수지의 물이 서서히 빠지는 중이다 바닥
이 드러나는 지점에서 물의 더듬이에 연결되었던 익사체
는 빨래처럼 구겨져 있다 그 사내의 혈관에 뻑뻑한 수초
며 뻘은 붉은색 대신 검은색을 고르는 중이다 주걱뼈 쪽
수로에 처박혀 있는 엑스레이 사진에는 벌써 구르는 돌
멩이들이 보인다 저수지의 물을 담았던 이 육체는 드라
이플라워의 운명을 예고하고 있다 살쩍과 눈매 등은 주
검에서조차 여위어가고 가선이 지고 했던 얼굴 윤곽은
물이 빠지니까 부글거리는 발효를 시작했다 분명 도끼눈
이었을 감긴 눈은 내내 찡그린 채였다 비명에 재갈을 물
려 침묵을 겨우 유지시키는 건 저수지의 역할이다 찰랑
거렸던 물결 흔적은 딱딱해져서 메스가 몇 차례 지나가
야만 눈물만 한 핏방울이 비쳤다 명치에서 주욱 지퍼처
럼 열린 그 안의 내용물은 따로 담겼다 저수지 물이 빠지
면 원래 붕어도 뛰고 잉어도 펄떡거리는 법이다 미끌거
린다는 점에서 민물고기와 닮은 이 몸의 내용물은 그렇
지 않다 스펀지처럼 물을 머금어 흥건했던 일부는 발췌
첨삭 가공되었고 나머지는 다시 그 안에 염치없이 채워
지고 기워졌다 육체에서 저수지까지 그렇게 하루 일과처

럼 재빨리 입 다물듯 봉인되었다 연꽃의 봉오리가 닫힐
시간이기도 하다 서리가 금방 맺히는 걸 보니 냉동실은
익사체의 온도를 알고 있다

서랍을 가지게 되었다
—위胃를 이야기하자

　나는 어제 겨우 밥을 먹었다
　우걱우걱 대충 씹어 꿀떡 삼킨 것이 아니라 씹고 씹어
도 내 얇은 위벽은 쉬이 예민해졌다 그러므로 밥 이야기
는 위에 대한 정념이다

　내 몸은 아직 발열 때문에 서사를 견디지 못하고 있다
　내 위를 지하실쯤이라고 생각했다
　통증이 번지는 것은 그때,
　모든 입김은 위의 유문을 비추는 조명과 등을 맞대고
있다
　나는 몸을 구부려
　불면이 통과하는 위벽의 지하에 누웠다

　빌로트 씨*의 조언으로 내 위의 대부분을 떼어내고 십
이지장을 연결했을 때 잘라낸 위 대신 물컹한 서랍이라
도 필요했다 정갈한 하드디스크 같은 서랍! 숨기거나 저
장할 것이 남았다면 유령과 육신이 구별되리라

　아침에 먹은 것을 저녁에 토하면서 헐렁한 위의 속삭

입 안에 누웠다 나는 점점 더 힘들어지든가 아니면

* 오스트리아의 외과 의사. 복부 수술의 창시자로 위의 유문 절제를
  최초로 성공했다.

병

병실 이불 밖으로 슬쩍 드러난 그의 맨발
그게 알약보다 더 희다
먼발치 의자에 앉으면서
적빈을 건드리자 내 몸과 의자의 관절이 동시에 삐걱
거린다
눈을 뜬
입 없는 입이 무어라 중얼거린다
흰 벽이 선병질적으로 귀를 쫑긋거린다
맨발을 굳이 감추지만
그제야 얇은 이불이 뼈의 윤곽을 앙상하게 만들어준다
이 맨발에는 비밀이 없다
종아리는 더 여윈 게 분명하다
짐작하자면 그 육신에는 그림자도 떠났겠다
식은땀 흘리는 병실의 온도를 조금 올려달라는 부탁
조차
안간힘이다
곧 아파야 할 내 몸 구석구석의 가역반응을 기억하게
되었다

젊은 날의 내 물고기는 신호등 앞에서 다시 나타난다

비 오는 저녁의 네거리에서 내 차는 잠시 미끄러지면서 중력을 잃었다 마찰음 탓에 길은 귀를 달고 나는 길을 닮으며 짐짓 외톨이가 되었다 여기서도 한 뼘의 고요는 뭉클하다 신호등의 불빛이 외눈박이에 박힌 것처럼 빗줄기마다 불빛을 골라 숙명을 떠올리는 중이다 초록색은 없지만, 방금 붉은색 신호등은 뚱뚱하고 오래된 나의 기록에 빗금을 친다 옆 차선으로 사이렌 소리와 함께 젊은 날의 내가 도착했다 키릴 문자의 육체를 더듬는 서른 살, 붉은 신호등이 만들어내는 물고기 때문에 아가미로 숨쉬곤 했다 아가미 호흡은 비늘이 생기는 젊은 사람의 모국어이다 모든 발언권을 얻었기에 흐느끼던 그림자 속에서 질감을 찾아내려는 젊은 날의 복제가 여기 있다 그게 아니라면 누군가가 다시 생을 되풀이하는 거지 저녁이라는 입술이 닫히고 초록빛의 동공이 켜졌다 내가 통과한 네거리는 젊은 날의 내부, 한때 이 거리의 가장 흉흉한 전류가 지나가는 지점이다

작은 꽃의 세계사

왼손 검지에 화분이 생기게 되었다는 고백은 이미 말
했구나 검은 꽃이라고 쓰기도 했지 유리문에 다친 손톱
에 검은 화분이 도착한 장면은 아프기도 했지만 금방 꽃
핀 기억으로 바뀌었어 잘 자라라 검은 꽃이여 손톱의 검
은색은 자꾸 위를 바라본다 아마도 살을 뚫고 누워버린
검은색도 있을 거야 내 손톱은 상장喪章의 별사를 빌렸다
손톱을 물어뜯어 안을 들여다보면 은화식물을 볼 수 있
을까 손톱에서 화분에 이르기까지 하루가 걸린 생각처럼
검은색은 낯선 문자를 가지게 되었다 작은 꽃은 비명 대
신 색이라는 민감한 문자를 발명했다 왜 상처가 검은색
이 되고 다시 검은색이 꽃을 피우는지, 내 몸이니까 통증
은 따라갈 수 있지 꽃이 내부의 묘사에 계절을 바치듯 검
은 꽃은 심술궂은 색깔을 묻히는 중이다 꽃이라는 작은
독백은 중얼거리다가 시나브로 사라졌지 손톱 위에 시렁
이 있었나 보다

3부

딱지본 언문 춘향전

알록달록한 딱지본 옥중화이다 50년 전부터 할머니였
던 외할머니가 금호 장터에서 사 온 1960년대 향민사 춘
향전을 이모들이 하루에도 몇 번이나 읽어주어야만 했다
책 읽어주는 전기수傳奇叟 이모의 심사가 사나워지려 하
니 외할머니의 조급증이 귀한 계란탕을 내었다 요전법
邀錢法이다 며칠 지나 외할머니는 오롯이 춘향전의 페이
지를 넘겼다 내가 한글을 깨치는 것보다 더 빨리, 글자를
모르는 외할머니가 춘향이 속내를 외우기가 버겁지 않겠
다 이혈룡을 도와준 기생 옥단춘을 알기까지 외할머니는
내내 춘향이 화급한 마음이다 춘향이 수절이야 앞산 뒷
산 쑥국새들도 잊지 못하고 지지쑥꾹 되풀이하지만 상수
리나무 잎들도 얼룩덜룩 초록물을 뱉었다 남원 고을까지
울긋불긋한 이정표 따르면 산 너머 금방이겠다 새로 지
은 광한루가 보이는 딱지 표지를 챙기는 춘향의 호시절
이라

강명화의 죽엄*

　대정권번 출신 강명화는 섬섬옥수로 난간을 때리면서 장단을 맞추고 사랑하는 장병천 앞에서 실정애화實情哀話의 잡가 한마디 뽑는다 "온 천지는 적막하고 달빛은 고요히 잠자든 두견새는 숲이 우는데 나의 심사가 자연 상하는구나 이 세상을 이별하고 나는 가노라 나의 님을 위하고 사랑을 위하여 저 먼 나라로 나는 영원히 간다 천만 인 중 나의 사랑 장병천 군아 내 죽음을 슯어 말고 사업에 힘써서 나의 혼이라도 부디 위로해다오" 병천이 애애한 노래를 듣다가 문득 불길했지만 쾌활한 명화의 안색에 곧 잠이 들었는데 축도검 같은 험악한 산길 중에 문득 명화가 천장만장이나 되는 절벽 아래로 뚝 떨어지매 깜짝 놀라 깨어보니 원촌에 자진 닭이 적막한 밤공기를 흔들었다 이미 명화는 독약을 삼켰는데, 이제 제가 죽어야 병천의 앞날이 신작로처럼 탄탄하다고 마음먹고, 그새 화장을 하고 새 옥양목 치마저고리로 갈아입었으니 병천을 깨워 고백을 했다 "나는 이 세상을 이별하고 먼 나라로 가오니 마지막 나리 품에 안겨봅시다" 명화와 병천이 동경 유학 시절 조선 학생들이 명화를 비난했을 때 명화가 의연하게 왼손 중지를 잘라 의지를 보였던 것처럼 눈매가 맹렬하게 변하니 병천의 가슴이 덜컥 나려 지으며 살이 떨리어서 혼백이 흔들리고 경망한 가운데 명화의 안색이 푸르뎅뎅하던 중 세상을 하직하매 급기야 병천은 혼절했다 명화가 꽃잎 같은 유서 한 장을 품에 남겨 두었으니 "나는 이 세상의 모든 고통을 잊어버리고 영원한 나라로 가오니 죽은 나를 생각하여 서러워 말고 아무쪼록 마음을 잡고 공부를 열심히 하여 부모의 뜻을 승순承順하시고 사회에 큰 사업을 하며 죽은 나를 위로하여 주심을 바라나이다" 이후 몇 개월 마음을 잡지 못하던 병천은 결국 골골하니 병석에 몸져누웠는데 눈앞에는 검은 구름이 뭉게뭉게 몇천 겹 둘러쌓은 듯한 속에 명화의 화월 형용이 나타났다 사라졌다 한다 한때 사랑을 의심하자 명화가 제 삼단 같은 머리를 싹둑 자르면서 "계집의 태도는 머리가 중심이랍니다 이제 제가 살아도 장씨 댁 사람이요 죽어도 장씨 댁 사람이오" 했던 서릿발 같은 얼굴도 보이자 병천은 주먹을 쥐고, 흡사 자신이 명화를 천 길 벼랑에서 떠밀었던 광증으로 사랑이 무엇이더냐 외쳤다 "아아 명화야 나는 죽어서 너를 쫓겠다 명화야 명화야 너는 누구를 위하여 죽었느냐 무정한 이 사회가 너를 죽

였구나 나도 죽겠다" 병천은 자신의 심신을 천 개 만 개로 만들어 명화를 따라갔다

홍공단을 걸어놓은 듯 나뭇잎은 붉게 물들었으니 청춘은 단풍의 호들갑스러운 운명을 따라갔고 "고음은 일대에 끊어지고 원망은 구원에 사무치다"는 말이 그대로 실현되었다 명화의 넋은 금방 이승을 떠나지 못하고 날이 칙칙하게 어둡고 비가 내리면 "옥양목으로 반양복을 눈이 부시도록 화미하게 입고 굽 높은 흰 구쓰를 경편하게 들메이고 트레머리를" 하면서 나타나 병천의 집을 맴돌다가 결국 구구절절을 소설가 이해관에게 구술했으니 때는 바야흐로 소화 1년이었다 1960년대 조흔파의 라디오 극본과 강대진의 영화 「강명화」와 이미자가 부른 노래 「강명화」에도 찢어진 넋두리 혼자서 달래던 명화의 넋은 들락날락 간섭했으니 반백 년 가까이 한 송이 애련화의 의지는 사람들의 귓가에 제각기 남다르게 속삭였다 혹자에게 열녀이고 또 혹자에게 신여성이고 또 다른 혹자에게는 단지 민망한 계집이었다

* 딱지본 옛 소설 중 『강명화의 죽엄』(향민사 편집부, 향민사, 1972), 『절세미인 강명화전』(강의영, 영창서관, 1935) 및 『여의 귀 강명화전』(이해관, 회동서관, 1925)에서 발췌 및 첨삭했다. 언어 표기는 대체로 딱지본의 형태 『강명화의 죽엄』을 따랐으며 띄어쓰기는 현재의 문법에 맞추었다.

평양 출신 기생 강명화는 1923년 이루어지지 못한 사랑을 비관하여 음독자살을 하였고, 몇 개월 뒤 연인이었던 장병천 또한 죽음을 선택했다. 이들의 자살은 1920년대 조선을 뒤흔든 정사가 되었다. 이 사건은 딱지본 옛 소설에서 수차례 소재가 되었고, 현진건의 소설 「새빨안 웃음」, 나혜석의 칼럼 「강명화의 자살에 대하여」 등이 발표되었으며 연극과 영화에서도 수용되었다. 이후 1960년대까지 강명화를 소재로 영화와 라디오 극본 및 노래가 탄생했다.

슬프다 풀 끗헤 이슬*

조선의 청년 시인 진명은 파르스름한 달빗튼 창연한 밤, 대면려관 접대부 산월이를 션유 배에다 태와가지고 죽도 근처로 노질을 하며 흘너갓다

원고지 2백 장 가찹게 애쓴 소셜은 도셔회사圖書會社에셔 소포로 도라왓고 밤에는 점점 눈 한 점 붓치지 못하면셔 각혈은 수시로 울컥했다

권연券煙을 태오면서 압길이 막막하여 진명은 쇠진한 몸에 침입하여 가삼속을 놀래키는 바람을 생각한다

이제 혼자 하는 말소리로 자기를 위로허여도 못한다

따라온 산월이 또한 진명의 뜻을 마암 가온되셔 숭배하기에 자신이 열두 살 때 가정 비극으로 자살하려고 겪거온 사실을 이미 고백하얏다

무엇 때문에 사럿던가

진명은 곰곰 생각하얏다

사람들에게 람포(LAMP) 갓튼 시를 쓰는 할 일 만흔 몸이고자 햇고 한때 조선 문단에서 웃뚝 셔기도 햇다

금전에 욕망을 가지고 지은 소셜이 그 흐린 글발을 엇지 만도 사회에 널되겟니 그런 이상을 가진 시인이엇다

기생 화홍을 만난 거시 운명이라면 운명이엇다

화홍은 유행병으로 짤븐 생을 마치엇다

"진명 씨, 몸은 져어 흑 속에 스러지는 처량한 길이나 졔 이 혼은 이 셰상에 남아 잇셔 진명 씨에 성공하시는 것과 한평상을 무사이 사시다가 도라오시는 거슬 고대하여요"라는 비장한 유언을 하얏다

화홍이 죽고 술에 의지해 사럿스니 친고 양승원의 도움으로 다시 일어나기 위해 동래 기장에 휴양 겸 왓던 진명이다

밀창문 너머 내다보면 멀니 끗업는 바닷물이 바로 눈 압혜 나려다보힌다

바닷물만 보히는 거시 안이다

진명은 자신의 평상도 생생하게 물결 우에셔 파도처럼 춤추는 것도 보앗다

과거도 보앗고 압날도 보앗다

처음으로 소셜을 시작해셔 화홍과 련애를 중심으로 자신의 반성이 주제인 소셜을 마첫다

소셜은 좋은 평판을 바다셔 원고료도 넉넉하게 왓다

오만한 마암을 미덧다

하지만 다음 소셜은 채택되지 못하고 도라왓셧다

진명의 신명은 시드럿다

소셜이 자기 직업이 안이란 걸 시인 진명은 깨우치지 못한다

궁핍의 겁질이 시를 못 쓰게 부추긴 거슨 안이엇다라고 희미하게 알고 잇셧지만 자신의 궁핍이 또한 조션의 궁핍이라는 것도 청년은 자각하지 못햇다

진명은 시는 까맛게 이즈바리고 다시 술을 사괴거나 동래 온졍溫泉이나 차즈면서 생을 졈졈 깍아간다

나무에도 돌에도 기대지 못하는 시졀이다

결국 앗가온 청년 진명은 자신이 폐병쟁이라는 거슬 알고 자신을 졍답게 챙기던 산월과 함쎄 죽고자 햇다

나는 내 생명의 임자가 안이엇구나, 진명은 탄식햇다

산월은 진명의 눈빗틀 보고 넘우 가삼이 압흐고 쓰리엇다

청명월야 달은 발가셔 두 사람은 져졀로 말갓흔 눈물을 흘넛다

폐병과 가난과 술과 사랑과 죽엄은 오랜 동모 모양 어깨동모 길동모 하면서 본심이 청양하든 청년 시인 진명에게 우슴을 지얏다

풀 끗혜 이슬 생기듯 동모가 또 생기는가 보다

"산월이가 처량하여 할가 바 못 울고 잇지 우는 거슨 그만둡시다"

"에그 져는 별안간에 처량한 생각이 나셔 그러해요"

"산월이 나는 죽는 길노 가려고 결심하여"

"진명 씨 져도 갓치 죽어요"

"아 감사하오 날 갓튼 썩어가는 폐병 인생에게 생명을 앗기다니"

"진명 씨를 모신 거슨 만난을 버셔나 말근 셰계로 가는 무상한 死에 광영이라 생각합니다"

"조혼 각오요 산월이 우리의 져셰상은 흐릴 거시 업슬 거이오"

"진명 씨 져는 만족히 셰상을 떠남니"

"오오 산월이"

* 딱지본 옛 소설 「슬프다―풀 끗혜 이슬」에서 발췌 및 인용 첨삭. 원래 이 작품은 딱지본 『미남자의 루』(세창서관, 1935)에서 「미남자의 루」와 합본으로 수록되어 있었다.

시 후반부의 진명과 산월의 대화는 원문 그대로 발췌·인용했다.

맞춤법은 대체로 출간 당시의 표기를 따랐으며 띄어쓰기는 현재의 문법 기준에 맞추었다.

술은 눈물인가 한숨이런가*

이 마암의 괴로움을 바릴 고장이 어디인가, 철호는 한 강의 물을 나려다보고 잇섯다 져 물을 좃차 어디까지든 지 남쪽 바다에까지라도 먼 곳 나라에까지라도 가바리고 시펀 끄을리는 마암을 엇지나 할가 연약해진 졔 그림자 조차 말업시 어디론가 떠날 거 갓튼 늣김이엇다

서대문형무소에서 고생할 때도 지금 속내이엇다 교원 공산당 사건으로 검거 시에 철호는 사회주의에 대해 철 져하게 알지 못햇다 주의적 행동을 빌미로 갓튼 교사 김 종진이 자신을 모함하는 게책조차 몰낫다 다만 김종진이 자신을 친고의 적 여자의 적이라고 비난하는 소래는 가 삼속에 널니 울넛다 무엇보다 영숙이 자신을 바리고 김 종진에게 붓터다고 늣겻다는 거시 자신의 속 잡은 마암 인지 몰은다 그러니 철호는 주의며 행동이며 사랑에 대 해 이거저거 잘 아는 척햇는지도 몰은다 그러니 형무소 에서 한 달 만에 풀녀나왓는 거시지 그게 또한 김종진의 만흔 게책이엇는지 까맛게 몰은다

철호는 자신의 사상 관념이 어름어름하니 사실은 그냥

책으로만 일근 거스로 행동이나 신념이 아넌 아조 짤븐 서실 분이라는 거슬 아랏스니 자책의 불길이 몬져이엇다 술로 달래는 눈물과 술로 어루만지는 한숨은 도피의 행 각일 분이다 이진 듯 하얏든 영숙의 갸름진 얼골만이 철 호 압헤 뭉게뭉게 떠올낫다 마랏다 반복한다 영숙이 우 슴 영숙이 눈물 영숙이 깃븜이 내 생활이엇구나

세 사람의 청년이 술이 취하야 비틀거름을 치고 지나 가면서 유행하는 노래를 합창하듯 부른다 "술은 눈물인 가, 한숨이런가, 이 마암의 괴로움을 바릴 고장이. 지나간 옛날의 그이에게 밤이면은 꿈에서 간절햇셔라!" 철호 역 시 영숙과 함께 듯던 노래엿기에 가만니 따라 부른다 누 가 작난하고 누가 농낙한 거 갓튼 히망이엇슬 따름이다

욱신거리고 따끔거리고 간지럼 타는 모든 육신의 감정 이 갓치 치솟앗다

철호는 졔 이상과 히망이 서로 맛는지 맛지 안는지 알 아야겟다고 생각한다 모다 자기와의 싸홈을 하는 거지, 그러자 술기운이 사라지고 한강수가 소쇄한 거시 열심히 흘녀가는 눈치이다

* 딱지본 대중소설 『술은 눈물인가 한숨이런가』(춘양사, 1934)에서 발췌 및 첨삭 인용. 당시 최고의 인기 유행가였던 「술은 눈물일가 한숨이랄가」는 채규엽이 1932년 콜롬비아 레코드에서 취입한 노래였다. 원래 이 곡은 일본의 고가 마사오가 1932년에 발표한 「酒は涙か溜息か(사케와 나미다카 다메이키카)」의 가사를 번안하여 채규엽이 불렀는데, 노래의 정서는 당시 조선 민중의 감수성과 잘 맞아서 널리 유행했다.

맞춤법은 대체로 딱지본 출간 당시의 표기를 따랐으며 띄어쓰기는 현재의 기준에 맞추었다.

고대소셜 둑겁젼[蟾同知傳]*

결국 둑겁이와 여호의 상좌 닷톰이 볼만하얏다 쟝 션생麞先生 노로의 잔치에 와셔 조정은 막여작莫如爵이요 향당은 막여치莫如齒라 하오니 부졀업시 닷토지 말고 년치를 차려 좌를 졍하쟈는 톡기의 권유에 모다 츈츄를 뽐내기 위해 하날에 다은 거즛말을 하얏지만 둑겁이도 알고 여호도 알고 모다 알앗스니 말이 알홈다와야 상좌에 안즐 수 잇것다

여호가 부지런히 내다라 왈, 존장 섬 션생蟾先生이 분명 세상에서 가장 귀한 구경을 만히 하야 계실 거시오니 어대어대를 보아 게시니잇가

은근히 상대를 치하하는 여호의 짓이 과연 소매 속에 칼을 숨긴 얼골이요 살을 주고 뼈를 취하는 모습이라

둑겁이가 꾀를 내어 넌지시 여호를 부추겻다 호 션생狐先生이 몬져 말하시면 져가 겨우 따라잡지오

여호가 호군자인 척 비창한 말노 대답하되, 소생 졀문날 호연지기가 일어나 일월 돗난 부상과 일월 지난 함지를 보앗스며 동으로 태산이며 셔으로 화산이며 남으로 형산과 북으로 향산이며 중앙으로 숭산을 두루 보앗으

며 천하 구쥬를 편답하야 탁녹에 너른 들과 거록에 놉흔 언덕부터 달빗치 명낭하매 동정호 7백 리와 무협 12봉을 완연이 구버보아 비감한 정회는 져문 날에 황혼이 되엇고, 하며 자못 의기양양햇다

둑겁이 눈을 끔적이며 가만니 대답하되 호 션생 구경인즉 무던이 하얏다마는 풍경만 구경하고 왓소 대져 천하별건곤과 산천 풍속이 다 근본 출처가 잇나니라 근본을 다 안 후에야 구경이 무식지 아이하니라 소생이 일일이 일으거든 근본 출처를 모다 드러보라

둑겁이 오악은 천디 오행을 웅하야 디방을 정한 바요 태산이며 화산이며 형산과 향산에서 슝산에 이르기까지 천하 명산의 시작부터, 천하 구쥬의 형셰며 탁녹과 거록의 유래까지 셰셰히 셜명하니 모다 톡기의 귀를 빌녀 좃긋햇다

여호가 분기양양하야 가로되 이졔 셤 션생의 셰상 이야기도 듯고 잡소

둑겁이 다시 느릿느릿 왈, 소생이 우연하게 명계에 간 이야기를 드러보시라 어느 조흔 날 낮잠 청하여 누윗는

대 갑자기 천지가 캄캄해지면서 시불건 얼골의 주사빙판 관과 주악동자 두 사람이 홀연 소생을 데려갓소 황망간에 초목 업는 데로 때로 반공에 달이 멧 개나 떠 잇는 데로 가는데 조븐 길로 천 리 어둔 길로 천 리 구븐 길이 천 리라 가다가 남섬부주 이만 유순 아래 또 따로 천 리 길이엇는데 마츰내 팔한 팔열 지옥을 두루 보아겟소 길이와 너비와 깊이가 각각 이만 유순 가차이 되는 등활 흑승 중합 호규 대규 염열 대열 무간 따위의 팔열은 지옥 변상도에 그려진 거보다 더 무셥고 더 신비하고 더 기괴하오

문득 말을 멈추고 좌중을 보는데 모다 죄지은 듯 움찔 놀래엇다 둑겁이 찬물 한 모금 맛갈나게 마시더니 다시왈,

살업殺業으로 가는 등활 지옥만 말하자면 뜨거운 불길이 몸이며 얼골이며 시커멋게 태우는데 살 익는 냄새 못 견디어 숨이 막 사라지려 하면 냉기 머금은 바람이 불어문득 정신이 드는데 대바늘로 꼭꼭 찌르는 고통 우에 다시 화염이 몸이며 얼골에 사정업시 덥치는데 간격이 일각이라 하로에도 수백 번 수천 번 죽다가 살다가 한다오 다른 지옥도 말해 무삼하리오 지옥마다 당외 시분 봉인

열하 소지옥이 줄을 잇고 또 따로이 팔열보다 더 무셔븐 팔한 지옥 검은 아가리가 잇더이다 육도 중 졔일가는 고지옥은 져도 보지 못햇스나 엽혜 잇는 판관도 동자도 부들부들 떨더이다 일즉 경률 이상에 적힌 문장을 보앗는데 죽지도 살지도 못하는 경계라 하더이다 염왕 압혜서 져는 사시나무 떨듯 하얏는데, 염왕이 길게 탄식하더니 져에게 포권하며 대례를 하더이다 글자가 보히다가 사라지다 하는 명부책을 꺼내면서 젼륜대왕의 실수로 셥 션생이 아직 올 시가 아닌데 왓소이다 하매 흰 연꽃을 주엇소 꼿 모양 꼿 냄새 취해 깨어보니 수일이 지낫더이다

좌중에 즘생들 모다 몸셔리치면서 마냥 고요한디 뿔긴 사슴은 등활 지옥을 차져가고 요망한 톡기는 혹승 지옥을 생각하고 열읍는 승냥이는 중합 지옥을 방정마진 잔나비는 호규 지옥이라 거칠헌 고슴도치는 대규 지옥 빗조흔 오솔이 염열이고 만신이 미련한 두더지는 대열이 적당하고 어이업슨 슈달피는 무간지옥을 무셔버하더라

둑겁이 공연이 슬워하면서 여호 보며 정색대 왈 네 주동이만 사라 어룬을 몰으고 말을 함부로 하거니와 네 귀

가 잇거던 명부 이야기는 잘 드러보앗느냐 셩어중 형어 외이니 가삼속에 참된 생각이 잇스며 거숙으로 드러나 니라

둑겁이 말이 조리가 잇되 또한 어제 본 듯 생동하매 여호는 얼골을 불히고 엇지할 줄 몰으고 아모 말 업시 꼬리 말아 구석으로 숨엇다 즘생들에 죄를 다 꿰찬 듯 팔열 팔한 지옥을 이야기하는지라 모다 무셤증이 나셔 둑겁이의 혜안과 식견에 탄복하는 척 상에 닐러 둑겁이에게 동지 중추부사 벼슬을 추수하여 셤 동지 셤 동지라 거푸 칭하며 상좌에 안즈소셔 간절히 청하얏다

마츰내 이화도화 부추기며 만발하고 왜철죽 두견화가 시샘하듯 피여 잇스니 만학천봉에 춘흥이 가득하야 경개 절승한지라 손님이 흡족할졔 수연 잔치 끗나니 주인 노로인 쟝 션생이 악공에게 명하야 파연곡을 하게 하고 각처 즘생들이 일시에 주인에게 치하하고 동구 밧게셔 정답게 헤어졋노라

* 딱지본 옛 소설 『둑겁젼』(홍순필, 경성서적, 1925)에서 발췌 및 첨삭 인용.
맞춤법은 대체로 출간 당시의 표기를 따랐으며 띄어쓰기는 현재의 기준에 맞추었다.

신일선의 눈물*

함수초 수주븐 꿈이더니
방년 열아홉에 골몰한 기셰는 죽엄! 죽엄!이더이다
한 모금 소낙비로 가린
최후로 자살하려는 악착한 사실이 잇스니
죽엄이야말로 인생을 수백 개 늣김으로 쪼개는 거얏다
죽엄이야말로 무정이 셰상인지 나인지를 닷토는 거얏다
아! 모도가 홍루애화 뒤안이로다
내 그림자와 속닥거리는 게 무어냐
독약을 입에 넛는 행사는 차마 못 하지만
원귀가 우글우글하는 죽엄의 구렁이인 한강수가
내 인생에 수욱 깁히 드러와도
연꼿처럼 나를 안아주지 안홀가
다리 난간에셔 물까지 짤븐 순간 가즌 생각이
겹겹이 둘러 잇고 첩첩이 포개는 거얏다
물에 빠져 숨 막히면 거울 업시 못 보는 내 얼골을 보
고 말리라
뭉게뭉게 죽엄과 밧굴 수밧게 업는 나의 사정은 무어
라 말인가
한강에셔 뽀-트를 타면셔 몸을 기우려 물에 빠지자고

햇다

또 여자로서 가장 귀히 아는 머리채도 단연 쌍동 베혀
바렷다

나를 대신하는 눈물이기에

오즉 눈물만이 나의 노력이기에

말근 눈물을 보고도

눈물의 알흠다움을 나의 인생에셔 엇지 차져볼 수 업
슬까

* 딱지본 옛 소설 『신일선의 눈물』(신태삼, 세창서관, 1935)에서 발췌
및 첨삭 인용. 맞춤법은 대체로 출간 당시의 표기를 따랐으며 띄어
쓰기는 현재의 기준에 맞추었다.

  국립중앙도서관 디지털컬렉션 『신일선의 눈물』 해설은 다음과 같다.
  "신일선은 나운규의 영화 「아리랑」(1926)으로 데뷔하여 '조선의 애
  인'이라고 불릴 만큼 대중의 많은 사랑을 받은 여배우였다. 이후 신
  일선은 '은퇴 및 결혼 생활 – 연예계 복귀(연극 활동) – 은퇴'라는 복
  잡다단한 이력을 거치지만, 그녀의 인기는 쉽사리 회복되지 않았고,
  그녀의 파란만장한 일대기만이 가십으로서 회자되었다. 이 소설이
  '신일선의 눈물'이라는 제목으로 씌어진 것은, 그것이 신일선의 실
  제 삶과 일치해서라기보다는, '단발' '정사'와 같은 당대 연애 담론
  을 구성하는 핵심 요소들을 '신일선'이라는 대중적 아이콘이 잘 함
  축하고 있기 때문인 것으로 보인다."

미남자의 루*

무정 셰월이 여류로다

어언 방년 이십삼 세 녀배우 취련이도,

희곡 대사를 즐겨 말하던 취련이도,

남작에 유혹 대신 무대에 목심을 내놋던 녀배우 취련이도,

십팔 세 미소년 매란방을 보자 얼골에 도화가 폐며 우슴이 생겻다 한번 보면 어엽비고 두 번 보면 울울충충 세 번 보고도 흥열에 취한 사람에 흥을 도우더라 꼿흔 불을 발키고 불은 꼿흘 더욱 채색 나게 하는 듯 매란방에 꼿과 갓튼 얼골은 여자에도 졀묘한 천하일색이라 취련이 매란방 얼골을 취한 드시 붓거러운 드시 드려다보앗다

그러나 매란방은 취련에 연기만을 졍영 존경하고 잇슴이라 "나는 아즉 어린 소년인디 련애를 바들 수가 업셔요" 직설한다 "극도한 련애를 하면 만사를 젼폐하지요 예술가가 련애를 하면 예술을 젼망하지요" 취련은 불갓치 타는 련애에 매달리고 매란방은 진지함의 중요성**을 거듭햇다 "젼부를 바리고 졍신적 련애하는 거시 알홈다

운 런애지요" 매란방은 런애가 깃븜이 아니라고 밋는다 자신의 얼골이 취련이 예술을 진토 속에 넛는 거시 되엇다고 생각한다

취련이는 심지어 육혈포로 자신의 목에 대고 죽엄으로 접박하얏다 매란방은 한숨 쉬며 억지 주문을 했다 "내일 밤 남작 별덩에 가장회에셔 풍만한 전 육톄에 진분홍 은사로 허리 아래를 가리고 그 끗헤는 나비로 거림갓치 매시고 그 외는 일사一絲라도 몸에 대고 나가시면 안 되아요" 결국 가장회에셔 취련이는 모다 탈신하는 것갓치 놀래는 가온데 몸을 드러내지만 미소년 매란방은 취련이 몸에 예술을 보고 십엇던 것분이다

매란방은 취련이에 련애가 히망이 아니니까 유셔를 적엇다 "용셔하여주시오 매란방은 취련 씨에 예술을 위하얏스나 그거슨 도로여 취련 씨로 하야 그 고상한 예술을 영구적 스러지게 한 죄를 범하얏지오 매란방이 몸에 걸온 길은 최후를 결할 수밧게는 업지오 취련 씨 용셔하시오 나는 영구이 도라오지 못하는 길을 가려고 져 말고

말근 물을 차져감니다" 죽는 거슬 골으지 아니하면 이
봄 눌 곳이 업다는 제일 미소년 매란방은 눈을 감고 져
물 집고 기록 만흔 물속으로 떠러젓다 뒤따라온 취련이
몸이 달아 물에 뛰어드러 매란방을 억지 구하니 두 사람
은 부픈 감정이 올나 셔로 안앗다 자철처럼 달라붓는 눈
빗이다

　　달은 어제밤과 갓치 밝고 변하지 안코 흐르는 물은 월
색에 청포 가라노은 듯하고 들이는 거슨 철석철석하는
소래분이다 정신보다는 감정이 현실보다는 공상의 기운
이 두 사람을 감싸면서 예술이 무삼 대수이람, 팽개치고
달콤한 련애를 택하여 세계 유람에 길을 행하드라 뒤 소
식은 셰셰히 듯지 못하여도 소화 6년 영화 세계 구석에서
흔하디흔한 풍문이엇다

　　* 딱지본 대중소설 『미남자의 루』에서 발췌 및 첨삭 인용. 당대의 여
　　　배우 취련과 연하의 미소년 매란방의 이야기이다. 딱지본으로는
　　　드물게 화려한 묘사가 특징이다.
　　　맞춤법은 대체로 출간 당시의 표기를 따랐으며 띄어쓰기는 현재

의 기준에 맞추었다.

** 오스카 와일드의 희곡. 기존의 보수적인 가치관을 전복하고 풍자
하는 작품이다. 1930년대 지식인들 사이에서 유행한 소설이다.

화류 비극 유곽의 루*

계월이는 천 원 월화는 8백 원에 팔려 와

만주국 신경의 유곽으로 왔다

계월은 우스며 말햿지만

월화는 우슴이 가리는 눈물에 져멋다

만주는 입속 독약이야

다른 사람에게 뱉으려면 그 독을 먼져 마셔야 해

누구라도 올 거 갓코 누구라도 떠날 거 갓튼 만주!

경찰이 아편을 먹으면셔 아편 장수를 잡아다 죽일 만

큼 때린다는 만주!**

잔혹한 지주는 향마적이면셔 군인이다

도박꾼을 속이는 도박꾼

밀수꾼을 고변하는 밀수꾼

밤은 낮이고 낮은 밤이라는 만주!

우리는 여기셔 무조건 살아야 해

만주 개척촌인가 조[粟]무역인가 떠돈다는 오래비도

만나고

살아야 고향에도 도라가야지

산山 셜고 무[水] 셔른 여기

계월은 월화가 불상하고 져 갓코

86

월화는 계월이 애타고 져 갓타

만주에서 죽은 사람도 잇고 부자가 된 사람도 잇다만

죽은 사람이 수백 수천 배 만흘 거라는 소문도 분명
하다

살진 청인과 하관이 빠른 일본 손님을 달래어 보낸

삽시 동안에 계월이 귀에말을 햇다

어졔도 총소래가 들니고 화광이 빗치엇지

여긴 내지하고 다르니 하로하로 조심해야지

어졔 행방불명된 사람이 오늘 도라다니고

죽은 사람의 얼골로 버져시 누각 주인이 되는 곳이야

월화는 돼지와 여호 꿈 때문에 고뿔이 심해갓다

돼지는 청인 갓코 여호는 일인이다

놉흔 산 업는 만주는 미더울 사람 업는 거지

계월이 화류병을 생각하매

월화의 시션은 창 너머 남녁에 떨어졋다

검은빗 새 떼가 무거운 날개로 날고 잇구나

둥근 언덕은 가벼워 누가 떠메고 온 거 갓코

호지의 나무는 자라지 안혼지 삐죽하구나

황혼을 끌어당긴 만주의 모든 장막이 금강 하구처럼

벌것기에

계월이와 월화는 조와라 한다

고향과 만주는 갓튼 노을을 사용하는구나

져 불근 셕양빗에 너머진 만주가 새 땅이 되엇스면

* 딱지본 대중소설 『유곽의 루』(신태삼, 세창서관, 1952)에서 발췌 및
  첨삭 인용. 맞춤법은 대체로 출간 당시의 표기를 따랐으며 띄어쓰
  기는 현재의 기준에 맞추었다. '유곽의 눈물' '유곽의 설움'으로도
  표기되었다.
  『유곽의 루』는 일제강점기 만주의 유곽으로 팔려 갔던 계월과 월
  화의 파란만장한 줄거리를 통해서 만주가 당시 조선인에게 어떤
  공간이었는지 당대성을 획득한다. 일본도 내지였고 조선도 내지
  였다. 전자가 조선 반도에 대한 일본인의 인식이었다면 후자는 만
  주에 대해 조선 반도가 내지라는 인식이다. 당시 만주 이민자는
  120만 명으로 추정된다. (「대륙 진출의 조선 민중」, 『삼천리』 1939년
  1월호 참조)
** 최서해의 「고국」(『탈출기』, 문학과지성사, 2004), 앙드레 슈미드의
  『제국 그 사이의 한국』(정여울 옮김, 휴머니스트, 2007)과 이해조의
  소설 『소학령』(신구서림, 1913)에도 나타나듯이 만주에서 조선인
  을 억압하고, 청인은 미개하고 비문명적이며 일본인은 문명인이라
  는 대립 이미지가 당시 조선인에게 있었다.

며누리의 죽엄[*]
— 일명, 철로 우에 스러진 꼿

나오는 사람

김옥순(며누리) 이십 세
송태환(옥순의 남편) 이십이 세
김 씨(싀어머니) 마흔두세 살

…… 막 나린다 ……

데 2막 1장 기차길이 가차운 곳
　밤하날에 별들이 박힌 듯 차갑다, 멀니 기차길이 뻐친
거시 보힌다 막이 열니면 무대는 잠간 공간이다

…… 사히 ……

옥순　(천천히 등장, 힘업는 거름이다)
　　　　오— 저 기차 소래! 나를 부르는 소래구나!
　　　　(멀니서 기적 소래, 돼지 뒷다리 갓튼 검은색 기
　　　　차가 온다
　　　　옥순은 소스라치며 뒤거름친다)

…… 바람이 지나간다 ……

　　　　태환 씨! 태환 씨 마즈막으로 나는 태환 씨라고
　　　　부릅니다 얼마나 부르고픈 일홈이었든가요! 아!
　　　　그런데 나는 웨 마즈막으로 태환 씨라고 부를가
　　　　요? 그러나 태환 씨 내 마암만을 잘 알어주실 당
　　　　신이 게신 거슬 알고! 마암 노코 죽으럼니다
　　　　(엇져면 남편 태환이 자신을 미더주는 마암만
　　　　은 가져가니
　　　　다시업시 깃브다고 늣겨 운다
　　　　서방 잇는 게집은 호랑이도 안 무러가니
　　　　져승 가셔도 정신만 밧삭 차리면
　　　　태환을 다시 볼 거라고 마암 다졋다)

옥순　(늣겨 운다 기차 기적 소래에 놀란다)
　　　　아 — 기적…… 오냐! 죽자…… 죽자! 옥순아 죽
　　　　자…… 살면 무엇하겟늬
　　　　(옥순은 자기가 불상한 게집이라는 게 불상햇다

90

늘 "이년이 살을 끼고 드러와 내 집안이 이 꼴
이 된다니 누구를 탓하겟늬"라는
싀어미와 악착갓치 닷톳어야 햇던가
여필종부의 길을 가고 시퍼 햇고 이저바리지 안
헛지만
자기에게만 권하는 뜻은 조혼 뜻이 안이라고 생
각햇다
싀어미가 첩이란 게 자신을 학대한 이치라고 알
고 잇엇다
밤의 별이 떨어지지 안흔 거슨 하날에 단단히
박힌 거시니
옥순 자신의 운명도 달라지지 안흐리라 미덧다
내가 너무 몰은 거얏어)

옥순   (달 업는 밤하날에 거울이 업다지만 하염업시
치여다본다)
아버지! 어머님…… 나는 지금 당신들이 게신
곳으로 가요! 아버지 어머니 이번만은 졔발이오
니 이 불상한 딸자식을 바리고 져 가시지 말어

요?

(아버지 어머니가 자신을 바린 거시 안이다

이제까지 얼골도 몰으던 어머니의 품에 안기는

것도

조흔 거시지

어머니 얼골이 떠오르자 행복하다는 늣김이 차

져온다

계속 두리번거리는 옥순,

남편 태환이 혹 자신을 차져오지 안흘가 하는

기대감을 바리지 못한다)

옥순   (기차 지나가는 소래가 바람 소래 덥친다

바람 소래 역시 기차 지나가는 소래 덥친다)

당신이 정으로 져에게 갓다주신 그 옷감으로

깨끗하게 의복을 지여 입고 당신 앞헤 안져보

지도 못하고 그거시 살이 썩지 안흘 누명이 되

어 죽어가는 거시 한업시 슮흠니다 그러나 경

박한 여자가 되고 십지 안사와 나는 당신의 부

탁을 져바리지 안코 그 옷감의 출처를 변명하
지 안흐며! 죽어가는 줄이나 알아주셔요 지
금 그거슬 말해 무엇하오릿가마는…… 원통해
요…… 아…… 분해요
(옥순은 기차가 오는 걸 보고 몸을 던졋스나 처
음은 넘우 무셔워 죽지 못하고 늣겨 울다 다시
지나가는 기차에 머리를 듸려민 후에 머리를
부디처 몸동이는 말정한데 뇌진탕을 이르켜 죽
엇다)

옥순　(암전,
　　　옥순은 보히지 안코 목소리만 점점 작게 들닌다
　　　목소리조차 점점 어두워진다
　　　다시 무대 한곳만 또려시 밝아진다)
　　　넘우 힘드럿셔

…… 기적 소래 사라지고 바람 소래 사나워진다 ……
…… 사람들 발소래와 말소래 들니기 시작한다 ……

* 딱지본 옛 희곡집 『며누리의 숙엄』(세창서관, 1952)에서 발췌 및 첨삭 인용. 김옥순의 죽음은 개성 지방 양갓집에서 일어난 '사실 비극'의 실화이다. 서문에 "셔울 셔쪽 졔일 가차운 대도시에셔 소화 9년 가을에 이런 사실이 이러나 그 도시는 물론 조션 전도에 이거시 연극으로 되여 순회한 일이 잇다. 이거슨 될 수 잇는 데까지 사실을 사실대로 해셔 쓴 각본이라는 거슬 말해두면셔 이거슬 일금으로써 조션의 싀어미들의 반셩이 조금마치라도 잇다면 작자는 다시 업는 광명으로 알겟다"라고 되어 있다.

딱지본 연구에 의하면 "초판은 1936년 집필을 끝내고 1936년 말이나 1937년 초에 출간되었을 것으로 추측"된다. 또한 이 텍스트가 황금좌의 「며느리의 죽음」의 각본인지는 확인할 수 없다. 다만 공연된 「며느리의 죽음」과 긴밀한 관련성을 지니고 있다는 것은 분명하다. 대사는 원본의 독백이다.

맞춤법은 가능한 한 딱지본 출간 당시의 표기를 따랐으며, 띄어쓰기는 현재의 기준에 맞추었다.

청천백일[*]

박희택은 최후의 진술을 하얏스니 목소리는 잠기고 몸은 부들부들 떨니엇다 대정 13년 7월 15일에 급사한 박창호의 본처 최근식은 사건 2년 후 박창호 독살 혐의로 경성지방법원 검사국에 고소장을 제출햇스니, 피고인은 박창호의 애첩 양귀점과 양귀점의 자식인 박희택 그리고 박희택의 첩 강영자 3인이엇다 이 사건은 사람들의 무한한 관심 속에 무려 8년이나 심리를 이끌면서 드디어 최후의 언도를 남겨두엇스니, 박희택은 밧삭 마른 입술을 축이면서 입을 열엇스니,

"져가 하는 일이 모다 못낫소이다 져 박희택이 살부의 의심을 밧는 이유에 대해 무작정 변명하얏기에 이러케 입을 여오 확실히 져는 아버지 박창호가 감기를 알코 잇슨 때에 탕약을 다려드랏고 또 당시 아버지가 도라가시자말자 외출하여 재산 처분에 대해 협의를 하얏던 것도 사실이외다 게다가 져는 당시 무뢰지배의 꾀임을 바더셔 시름시름 글걱질한 허물이 잇슴니다 사회에 숙달되지 못한 사내엿지요 아버지의 위에서 아편이 다량 검출되엇다는 것도 져가 탕약에 석거셔 아편을 흡입햇다는 혐의 또

한 잇습니다 이 갓튼 천인공로할 살부라는 모든 의심이 져에게 향해 잇지만 또한 아버지에게 미움을 만히 밧앗 지만, 의심과 미움과는 별개로 져는 결코 아버지를 죽이 지 안핫습니다 안이 살부하는 마암조차 내지 안홀 거시 오 이거슬 무삼 말로 셜명해야 하나요 져가 무뢰배를 만 나 인생을 이리저리 흔들리며 사럿다 해도 아버지를 죽 일 수 업는 검니다 아무리 미우해도 아버지는 아버지 자 식은 자식이외다 만 8년 하고도 한 달을 차디찬 감옥의 미결수로 지내면셔 져는 심지어 자신을 의심하기도 햇소 이다 혹시 나도 몰은 광증이 나셔 낙시줄에 매달린 미늘 을 삼키듯 아버지를 죽인 게 아닌가? 하지만 아무리 그 때를 도리켜 생각해도 져는 아버지를 죽이지 안핫소 천 개의 의심을 하나하나 쪼개어 드려다보아도 아버지를 죽 일 추호의 마암조차 업슨 거지요 그 의심이 갑갑하여 져 가 칼에 불과하고 손이 하는 대로 따라가는, 또 그 손을 부리는 머리가 잇는지 아닌지 몰으겟기에 스스로 자진하 여 번뇌에게 도망가고 시펀 마암도 만핫소이다 지금 져 얼골은 몸 우에 유지하지만 어디 놉흔 고목의 우듬지에 홀홀히 언져 잇는 거나 마찬가지이오 사러도 산 목심은

안이지만 루명은 벗고 죽으러 하오 모쪼록 현명하신 재
판부의 판결에 졔 생명을 맛김니다"

　마츰내 소화 6년, 사건이 일어난 지 10년 만에 박희택
의 판결 언도가 낫스니 놀래게도 무죄얏다 시체에 아편이
나왓지만 아편 흡입이라고 볼 수는 업스나 안이 날 수도
업다는 일종의 괴변적 '띠렘마'**라는 부검 자료가 나오
면서 모든 증거들은 불충분하다는 최종 심리얏다 참고로
경성의 30만 부민들 중에는 여러 가지 구구한 말이 떠도
랏고 대체로 시절을 뒤흔든 박창호 사망의 모든 전후가
명명백백 드러낫스니 아! 박희택은 청천백일이 되엇구나

　＊ 딱지본 대중소설 『청천백일』(세창서관, 1935)에서 발췌 및 첨삭 인
　　용. '모의재판 사실 비화' 또는 '모범 재판극'이라는 표지가 붙어
　　있다. 『동아일보』 1929년 12월 4일 자 신문에 「이수탁 사건 현장
　　임검키로」라는 기사가 나온다. '익산 백만장자 이건호 독살 사건'
　　이라는 별칭이 있는 이 사건이 바로 딱지본 『청천백일』의 모델이
　　다.
　　맞춤법은 대체로 출간 당시의 표기를 따랐으며 띄어쓰기는 현재
　　의 기준에 맞추었다.
＊＊ 딜레마의 옛 표기.

공진회, 시골 로인 이야기*

벼루에 멀을 갈고 한 손에 붓대를 잡고 또 한 손에는 권연초를 내불고 안젓는대도 별생각이 안이 난다 입속 말로 세상에 떠도는 이야기를 차져가지만 천지간의 일은 바라볼 수 잇셔도 짐작하기 어렵다 대정 4년 총독부에셔 조선물산공진회를 개최하니 공진회는 여러 가지 신기한 물건을 브려노코 모든 사람으로 하야금 구경하게 하는 거시거니와 롱구실 주인은 기기묘묘한 사실을 책 속에 기록하야 모든 사람으로 하야금 보게 하려고 했다

마츰내 시골 로인 만초 션생을 만나 기이한 이야기를 듯고 필력을 다하야 단편소셜을 지엇다 김용필과 박명희의 사연이다 두 사람의 조부인 김도사와 박감역이 셔로 친교가 잇셔 일즉 용필과 명희의 혼약을 맹셰햇스나 둘이 매져지지 못하다가 곡절을 거쳐 마츰내 부부가 된다는 이야기이다 두 사람은 참으로 구구절절한 사연을 가 젓다 두 사람이 부부가 된 거슨 기적에 가찹다 우연 속에 필연이 잇고 필연이 또한 우연과 겹첫고 조흔 사람과 납분 사람의 조력과 방해 또한 만흔니 이는 대정 4년 조선의 형셰만큼 험한 경로얏다

나는 복잡다난한 이야기를 잘 꾸려낸 롱구실 주인을

존중하거니와 주인의 압션 소셜 『금수회의록』도 일것다 하지만 나로셔 웨치지 안홀 수 업는 부분이 잇셔 감히 여기 붓대를 드니 혹 주인의 귀에 풍문으로 드러가더라도 글걱질마냥 식그럽게 여기시고 마암 상하지 마시며 예고한 작품 「인력거군」과 「기생」을 비상하게 마무리해주시길 바랄 분이다 몬져 조션물산공진회에 대한 신뢰이다 현재 조션은 백성들의 처참하고 곤궁한 생활이 매일 신문에 소개된다 농사를 짓지 못해 남부여대 간도로 가는 백성들은 또 얼매나 만흔가 이럴진대 신기한 물건을 브려노코만 공진회는 과연 눈요기감 그 이상인지 심히 의심스럽도다 용필과 명희를 도운 연대장도 수상하다 용필과 명희의 불행이 그들 자신의 힘이 아닌 민란을 진압하는 연대장의 힘으로 쉽게 해결된다는 점에서 롱구실 주인의 이야기는 허점이 만타 용필과 명희의 불행은 당연히 절문 자신이 개척하는 거시지 다른 사람이 한번 도와줌으로 쉽게 해결된다는 거슨 이야기의 허약성이 드러난다 만초 션생의 이야기가 사실이라도 그거슬 소셜로 맨드러 독자에게 감동을 주려면 작가의 생각과 의지가 드러셔야 할 거시 아닌가 그리고 동학과 셔학에 대한 롱구실 주인의 말슴이 어디 잇는지도 짐작하기 어렵다 우리 백성들에게 동학도 필요하고 서학도 필요한데 이에 대한 전후 사정이 전혀 업다 실망한 지점이다 다음 이야기에서는 이러한 문제가 해결되어 조선의 개혁에 디딤돌이 되면 좃겟다

근자에 한 의생을 만낫는데 그는 의원이란 마땅히 사람이 제명에 죽도록 돕는 사람이라고 단숨에 지적햇다 의술은 사람의 필사必死를 근본으로 해야 한다 그거슬 버셔나면 방술이다 독을 가지면 누군가를 독살하고 시픈 게 독약의 마암이고 영약을 가지면 사람의 수명을 원래대로 돕는 게 영약의 마암이다

소셜도 마찬가지 속 잡은 식견으로 아리따운 목소래에 그 향기로운 살깔이 조개 등어리에 대여 있는 듯하야 간질간질하던 문장을 적는 소셜가는 사람이 제 지나온 일을 되도라보도록 돕는 사람이고, 슬픔 후에는 깃븜이 잇고 깃븜 후에는 슬픔이 생기니 큰 소셜가는 사람으로 하여금 제 슬픔과 깃븜의 압뒤를 보도록 돕는 사람이라

* 딱지본 대중소설 『공진회』(안국선, 수문서관, 1915)에서 발췌 및 첨삭 인용. '롱구실 주인 안국선 저술'이라고 분명히 밝혀져 있고, 단편소설이라는 장르까지 밝혔다. 표지는 딱지본의 형상이 아니라 문양으로 처리되어 있다. 『공진회』에는 「기생」 「인력거군」 「시골 로인 이야기」 등 세 편의 소설이 수록되어 있다.
  맞춤법은 대체로 출간 당시의 표기를 따랐으며 띄어쓰기는 현재의 기준에 맞추었다.

부용의 샹사곡*

공자 유성이 부용을 향하야, 내 작일에 낭자의 금셩琴 聲을 듯고 흠탄하는 배니 가히 일곡을 엇어 드를소냐 부 용이 사양치 아니코 향을 살으더니 셰수하매 거문고를 무릅 우에 언꼬 아미를 숙이고 률려를 변하야 옥슈로 쥬 현을 골나 한 곡됴를 알외니 그 소래 비원 처절하야 무한 한 심사 잇나지라

유성 탄식하며 왈,
무거븐 률이 압혜 셔니 깃털 갓튼 률을 졀로 다스리니
묘재라 이 곡이여
오랑케 따에는 꼿과 풀이 듬셩하니
봄이 와도 봄갓치 안하
자연히 의대가 헐거워지니
허리가 잘록해져서가 아니라네**
이는 왕쇼군王昭君의 출새곡出塞曲이라
기러기들이 잠시 날개짓을 이져 따에 떠러졋다 하니
청산에 그림자를 보고 병 엇덧다는 사모가 담아졋도다
호지胡地의 꿋업슨 하날과 따도 끗날 때에
먼 길 떠난 이의 어지러운 심사를 돕나니

102

이는 아들과 결혼***한 호희胡姬의 곡됴요
변방의 소래라 본대 졍음正音이 아니라 하나
쇼군이 오래 흉노를 보담앗스니 그 가상함은
진션진미하다 할 거시니
호지와 중원을 무에 가릴 거신가
가을 무덤에 풀이 마르지 안흔 눈물이 사실인가 하외다
혹 다른 곡됴 잇는가 감히 청하오

이어 부용이 북소래 지축 우는 경파예상우의곡驚破預
裳羽衣曲, 만발한 흰 꽃의 옥슈후뎡화玉樹後庭花, 류수 묘
연하고 락화 표탕하야 락화류슈곡落花流水曲, 백셜이 분
분하는 영문객의 백셜됴白雪調, 일장춘몽이라 슈양뎨隋煬
帝의 뎨류곡堤柳曲, 우우하며 풍풍흡도다 백아의 슈션조
水仙操를 골나 일 곡 일 곡 쥬하니 유셩이 모다 일히일비
하야 손으로 셔안을 치며 격졀 차탄하더라

부용이 이에 거문고를 밀치고 첩이 비록 백아의 수단
을 밋지 못하오나 매양 종자기를 만나지 못하옴을 한하
얏삽더니 이제 공자를 뵈오니 평상 처음 지음을 만난지

103

라 공자는 일 곡을 앗기지 말으샤써 하고 다시 향을 살오
며 거문고를 유성에게 전하니 유성 이 말을 듯고 개연이
거문고를 밧아 슬상膝上에 언꼬 문무현을 골나 한 곡됴를
타니

　부용이 얼골빗을 곳치고 말하대
　첩이 광릉산****의 고아함을 일즉 듯지 못한지로 진짓
신기한 수단이로소이다
　혹여 숨을 쉬면 곡됴가 이지러질까 감히 호흡을 쉬어
가지 못햇나이다
　눈거풀과 입 꿔맨 양 귀만 활개 치도록 햇더니
　음이 나즌 곳에 머물면 고요한 가온데 유유한 이치가
스며 잇고
　음이 놉흔 곳에 오르면 광활한 리유가 잇스니
　홀로 뒤뜰의 우물 속에 고개를 넛고 큰 소래 작은 소래
내 속에서 울리듯 부딪쳐 드러보오니
　그 둘이 셔로 북돗우니 엇지 범상치 아니하외요
　형장에 목을 내놋고 쥬현을 골느는 해슉야[稽康]의 마
즈막은 셥정과 셥영의 마즈막과 다르지 안흐니 흥금의

104

진루를 씻게 하고셔

　못 들으면 귀鬼이요 더하면 마魔이라

　이는 뜻이 사못치니 미틴 드시 길을 가다가 길이 끗나
는 곳에셔 울부지졋다는 진실한 음률의 속내와 마찬가지
이나이다

　해슉야의 지극한 정셩이 아니면 엇지 이 곡됴가 남아
잇스리오

　또한 죽림칠현 중 유영이 수레에 독을 싣고 다니면셔
술을 마시엇는데 삽을 든 사람을 따르게 하면셔 말하기
를 나 죽거든 그 자리에 무더달라고 햇다는 음률도 지금
드럿나이다

　슳어하는 듯 깃버하는 듯 감격하는 듯 크게 수렴하는
듯 음률 가온데 엇지 생각이 깁어지지 아니리오

　후셰에 이 곡됴를 젼할 자 업삽더니 해슉야의 정령을
만나 엇으심이로소이다

　일찍 음률에 미틴 이가 셔한과 동한 황제와 대신들의
무덤을 스물아홉 개나 파묘한 끗헤 마츰내 채옹의 무덤
에셔 광릉산 악보를 채집햇다는 소문이 전해 오더니 오
날 이 곡됴를 드르니 감읍하오이다

유성 이에 손샤 왈 일즉 혜강의 셩무애락론을 일독 후에 이 곡됴를 자조 취하얏소 아득한 광릉산이 젼해진 거슨 범부의 자격으로 미묘한 이치를 엇지 알으리오

이후 봉황이 죠양에 울매 봉명곡, 호인락루쳠변초 한사단장대귀객하는 채문희의 호가십팔박, 웅지대략하는 한무뎨漢武帝의 금동션인곡金銅仙人曲, 봉혜귀혜귀고향이여 오유사해구기황하는 사마상여의 봉구황을 일 곡 일 곡 쥬하니 부용이 때로 추연하고 때로 장탄하고 때로 삼엄하고 때로 우슴을 지으니 두 사람 사히에 음과 률로 세운 옥결빙심의 운우지졍이 넘나들더라

* 딱지본 대중소설 『부용의 샹사곡』(지송욱, 신구서림, 1913)에서 발췌 및 첨삭 인용. 「구운몽」에서 양소유와 졍소저가 거문고로 소통하는 방법을 차용한 「부용의 샹사곡」은 거문고 음률에 기댄 유려한 문체가 돋보인다.
  맞춤법은 대체로 출간 당시의 표기를 따랐으며 띄어쓰기는 현재의 기준에 맞추었다.
** 당나라 시인 동방규의 「소군원昭君怨」.
  한나라 원제 시절 왕소군이 흉노의 공물로 흉노왕 호한야에게 시집가서 아들 하나를 낳았다. 후에 호한야가 죽자 흉노의 풍습

에 따라 왕위를 이은 그의 정처正妻 아들에게 재가하여 두 딸을 낳고, 그곳에서 생을 마쳤다. 왕소군의 사연은 오랫동안 사람들의 심금을 울려 많은 문학작품에서 다루어졌다. 왕소군은 북방 유목민에게 중국의 문물을 전파했으며 흉노와 한나라 사이의 우호 관계를 유지하는 데 관계했다.

*** 호한야가 죽고 왕소군은 풍습에 따라 정처 소생의 아들 복주루와 다시 결혼했다. 이는 흉노의 관례로 미망인을 돌보아준다는 의미가 있지만 중국 입장에서는 수용하기 힘든 일이다.

**** 한나라의 자객 섭정이 협루를 죽이고 지인이 연루될까 봐 자신의 안면을 훼손하여 못 알아보게 하고 자결하니 섭정의 누나 섭영이 동생임을 알고 섭정의 이름을 부르고 또한 자결하였으니 혜강의 고금보 「광릉산」은 이 이야기를 토대로 작곡되었다. 죽림칠현 중 한 사람인 혜강은 진나라 사마소를 거부하다 죽었는데, 마지막 처형장에서 「광릉산」을 연주했다.

개타령*

개야 개야 삽살개야 에남나 둥둥
양 귀가 축 늘어진 어이구나 청삽살아
털이 많아 부귀 거동 좀 보소 검정개야

아혜에에야 에남나 어람마
낮에 보면 검정개요 밤에 보면 푸른 개야
어제 온 귀신 그제 온 수심 쫓아내오던 어구 청삽살
개야

아에에혜야 에이오지이
밤에 밤중만큼 오실 임 보고 짖는 소리에
동구 밖까지 한달음이더니만 비만 꼬박 젖었으니 에이
구나

아에에혜야 에남나
달빛마다 그림자마다 마구 짖어대누나 에라
분세수 못 하고 님 기다리는 몰골에 짖어대누나

아에에혜야 에이오 지이루 에구나

만주 몇 년 동경 몇 년 상해 몇 년 거쳐 오신 님이란다
이리 절로 님이고 저리 절로 내 님이란다

아에에혜혜야 에남나 에라디여
어려워라 어려워라 지친 육신이고 요다지 세월이라니
초넋 이 넋 삼 넋을 수습한 몸이란다

아에에혜야 에이오 지이루 에이구나
사면 10리 창릉파륵에 정붙일 곳 고향뿐이더니
청산녹수 짚고 돌아왔다는 한마디 들었도다

아에에혜야 에난다 에헤에혜야
상봉이 지척이라 하지만 금일 대면 생시인가 꿈인가
무정이면 불귀객이고 유정이면 불가망이라

아에에혜야 에이지이루 에구나
눈 오는 소리 비 오는 소리 모두 귀 기울였더니
마침내 발소리 듣는구나 얼시구나

아에혜오 에남나 네가 내 사랑이지
생각 끝에 한숨이요 한숨 끝에 눈물이라
못 할러라 못 할러라 살어 생이별은 못 할러라

아에에혜혜요 어이오 지이루
님이 살아 내가 산 것 아니더냐 에헤이
님이 있으니 내가 어이 저 강을 못 건너리

아에에혜혜야 에이오 어남나
만주 동경 난봉이 났네 에헤이
상해 남만 또 난봉이 났어 에헤이

아에에이오 에남나 얼시구 절시구
아버님 돌아가신 날 아침도 아들 생각뿐이었다오
산 멀고 물도 먼데 어디 있는가 자꾸 물었다오

아에에이야 에이오 지이루
어머님 눈 감으신 전날에도 당신 밥 따로 챙겼다오
눈물의 고봉밥도 따로 생겼다오 에헤야 에루

아에에이야 어이오 에남나

모란꽃에 이르러 이름 대신 꽃이라 부르듯

이런 밤 이런 낮은 희로애락이라지

에에이야 에이오 지이루

앞산 기척 짖는 개야 뒷산 보고 짖는 청삽살개야

에루 에루야 앞산과 뒷산이 크게 울고 크게 웃는구나

* 딱지본 『신구잡가』(박창서, 향민사, 1971) 중 「개타령」에서 발췌 및
   첨삭 인용. 「개타령」의 후렴 부분을 가능한 한 원문 그대로 살렸다.
   잡가집은 1914년 평양에서 발간된 『신구잡가』부터 시작되었으며 대
   체로 가곡, 가사, 시조의 사설, 민요조, 잡가조의 가사들이 혼합되어
   있다.
   맞춤법은 출간 당시의 표기를 따랐으며 띄어쓰기는 현재의 기준에
   맞추었다.

풍경의 수행문

이광호
(문학평론가)

　　우리는 이미 정밀하고 견고한 송재학의 세계를 알고 있다. 그 미분된 감각들이 거의 실패 없이 이뤄내는 내밀함에 대해서도 분석이 진행되었다. 그럼에도 불구하고 여전히 그의 시는 비밀스럽고 완전히 해명되지 않는다. 이 글은 송재학 시의 비밀을 밝히려는 것이 아니라, 그의 시가 얼마나 많은 비밀을 남겨놓고 있는지를 다시 드러내려 한다.

　　별이 잠드는 곳은 별들의 숫자만큼 물웅덩이가 널렸다
는 서쪽
　　밤하늘에 별보다 더 많은 손금을 남기는
　　별의 잔상은 지상에서 건너간다는데

그게 위독인가 싶어 별과 별 사이

가장 빠른 직선을 그어보았다

　　　　　　　　　—「별과 별의 직선」 전문

　별은 수많은 서정시의 대상이었고 우주적 상상력의
원천이었다. 별에 대해 아직 시가 쓰이고 있다는 것은
놀라운 일이 아니다. 별은 가시성의 영역에 있는 것이
지만 그 배후는 여전히 닿을 수 없는 미지의 영역이다.
이 시에서 우주적 공간에 대한 상상은 "별들의 숫자만
큼 물웅덩이가 널렸다는 서쪽"이라는 장소를 설정한다.
우주적 공간은 더 광대한 세계로 뻗어가는 것이 아니
라, "별의 잔상은 지상에서 건너간다"는 맥락에서 지상
의 세계와 교섭한다. 이 시가 극적 도약을 이뤄내는 것
은 '위독'이라는 단어 때문이다. 이 단어의 돌발적인 등
장은 우주와 지상을 잇는 광대한 공간에 낯선 긴장을
부여한다. 시의 주체는 별을 자기의 정념과 동일시하지
도 않고 객관적인 대상으로 내버려두지도 않는다. 별을
둘러싼 광대한 풍경은 하나의 정서와 관념으로 환원되
지 않는다. 그 대신에 시적 주체는 "별과 별 사이/가장
빠른 직선을 그어보"는 행위, 그러니까 제의적인 세리
머니를 수행한다. 주체는 풍경을 관찰하는 자도 아니며,
풍경에 관념을 덧칠하는 자도 아니다. 그는 풍경의 비
밀을 탐색하는 자인 동시에, 그 내부에 스며드는 풍경

의 '수행자'이다.

별에 직선을 긋는 행위는 일종의 퍼포먼스이며 연극적이다. 이 행위는 제의적인 성격과 스펙터클의 성격을 동시에 지닌다. 송재학의 시들은 풍경에 대한 시적 주체의 '수행'이 극적으로 미학적인 효과를 발생시킨다는 가설을 세워볼 수 있다. 언어학자 존 오스틴John L. Austin의 저 유명한 구분에 의하면, 수행문performative은 참과 거짓을 판명할 수 있는 진술문과는 달리 그 언어 행위로 어떤 효과를 발생시키는 문장이다. 문제적인 것은 이 수행적 행위가 풍경을 둘러싼 '주체/객체' '기표/기의'와 같은 이분법적 체계를 무너뜨리고[1] 풍경 자체를 생성한다는 것이다. 수행을 통해 풍경은 그 의미를 드러내는 것이 아니라, 의미 자체를 끝없이 재생성한다. 풍경은 하나의 진실, 하나의 작품이기를 거부하고 시적 '사건'이 되려 한다.

꽃차례처럼 별이 운다 밤이니까 더 가까이 운다 별보다 더 맑은 소리는 별들 사이에 있다 거울도 어둠도 견디지 못하면서 금 가도록 운다 되돌아오지 않는 소리를 머금고 운다 맨살과 맨살이 부딪치는 게 얼마나 서러운지

1 에리카 피셔-리히테, 『수행성의 미학』, 김정숙 옮김, 문학과지성
사, 2017, p. 46 참조.

울고 있다 하지만 창백한 별빛만 지상에 왔다 별의 울음소리는 아직 도착하지 않았다 별의 거처를 아니까 날이 밝아도 이별은 아니겠지만, 별도 꽃도 서로 갈피가 없다 녹슬지 않는 소리는 없기에 별빛은 잠들지 못하는 사람들의 시선을 담았다 별의 눈매는 가벼워서 별빛은 벌써 떠나고 눈물의 시늉만 저 별에 남았다 오, 우리가 방금 지켜본 별은 비문碑文이 있다

　　　　　　──「아직 별의 울음소리는 도착하지 않았다」 전문

　　별은 시선의 대상이 아니라 '소리'로 등장한다. '별이 운다'는 청각적인 상상력이 시의 출발점이지만, 이런 발상 자체로 시적인 도약이 이루어지는 것은 아니다. "꽃차례처럼" "금 가도록" 운다는 표현은 아름답지만, 이 역시 '별이 운다'라는 상상적 설정을 섬세하게 만드는 데 조력할 뿐이다. 시적인 도약은 별은 울지만, "별의 울음소리는 아직 도착하지 않았다"라는 문장에서 가능해진다. '별이 운다'라는 이 시의 전반부에 나오는 묘사들은 '소리'를 듣고 한 묘사가 아니다. 별은 울지만 소리가 아직 도착하지 않았다는 설정은, 별빛이 지상에 도착하기까지 아득한 시간이 걸린다는 사실로부터 시작되었을 것이다. 별이 우는데 소리가 도착하지 않았기 때문에, '울음소리'는 "눈물의 시늉만"으로 남아 있다. 별의 울음소리라는 청각적 상상력을 통해 별의 풍경은

그 내부에 다른 잠재성을 드러낸다. 그 '풍경의 소리'를 '보는 자 – 듣는 자'는 누구인가? 앞의 시와 마찬가지로 풍경의 '수행자'는 마지막 국면에 나타난다. "우리가 방금 지켜본"이라는 문장. "비문碑文"이라는 돌발적인 단어는 별을 지켜보는 행위가 만들어낸 것이다. "별은 비문碑文이 있다"라는 문장은 사실 관계의 묘사도 주장도 아닌 일종의 선언을 담은 문장이다. 풍경은 고정되어 있는 것이 아니라, 그 수행적 행위를 통해 더 비밀스러워진다.

> 툇마루의 놋요강에 오줌발을 내린다
> 막 개칠을 시작하는 소나기는 미닫이부터 적신다
> 비안개의 아가미를 숨겨왔던 새벽이다
>
> 추녀의 숫자만큼 뒹구는 빗방울
> 느린 시간의 뒤에 좀벌레처럼 머무는 빗방울
> 머위잎을 기어이 구부리는 빗방울
>
> 빨랫줄의 참새가 방금 몸살을 터는 중이다
> 자주달개비 혀에 보랏빛이 번지는 중이다
> 질펀해질 마당이 막 소란해지는 중이다
>
> 자세히 보니 모두 알몸이어라

　　송재학의 미학이 전형적으로 발휘되어 있다. 민박집에 소나기가 오는 장면은 "오줌발" "비안개의 아가미" "좀벌레"와 같은 비유적인 이미지 덕분에 활력을 얻는다. 이 풍경을 '지금' 살아 있는 장면으로 만드는 것은 3연에서의 "중이다"라는 반복되는 표현이다. 현재진행형의 서술어들은 장면에 현재적인 생기를 불어넣고 살아 있는 리듬을 만들어낸다. "막 소란해지는 중이다"에서의 '막'이라는 부사는 이런 현재적인 생동감을 결정적인 것으로 만든다. 마지막 문장에는 "자세히 보니"라는 시적 주체의 행위가 등장한다. '자세히 본다'는 것은 민박집의 비 오는 장면을 들여다보는 시적 주체의 기본적인 태도인데, 그 보는 행위가 더욱 극적인 것이 되는 것은 마지막 연에서이다. "자세히" 보기 때문에 지금 이 풍경의 "알몸"을 볼 수 있다. 시가 극적인 도약을 이루는 순간은, 시적 주체가 풍경을 수행하는 자기 존재를 드러내는 순간이다.

　　달빛의 불안은 꽃에게도 번졌다 달빛은 손금의 점성술을 믿는다 거기 새겨진 소름들, 달맞이꽃을 배달하는 물결은 소박한 등롱을 얻었다 느린 호흡을 하는 어둠이나 불빛도 기계식 아가미가 필요하려나 달맞이꽃은 달의 통

점까지 웃자라서 초승에서 그믐까지의 홍등이 왜 죽음을
따라오는지 프린트한다 물결을 거느리고 꽃 냄새가 종이
배처럼 도착했다 바람의 손가락들이 죄다 달을 가리킨다
달의 가면이 변색하니까 달의 기척을 향해 컹컹 개가 짖
는다 월식이다 달 속에 빨려들어 가는 것들만큼 달에서
삐져나오는 향기 때문에 사정없이 개가 짖는다 돌아오지
못하는 것들도 있기 때문이다

—「달맞이꽃/월식」 전문

앞의 시들과는 달리 풍경에 개입하는 시적 주체의 존
재감이 드러나지 않는 것처럼 보인다. 문장의 주어들은
대부분 3인칭 사물들이다. 전반부를 구축하는 이미지들
은 정밀하다. 달맞이꽃이 피어 있는 월식의 풍경은 아
이러니를 품고 있다. 달맞이꽃이라는 이름과 달이 숨어
버리는 월식의 장면 사이의 어긋남은 불길한 징후를 암
시한다. "불안" "소름" "죽음" "변색" 같은 단어들은 그
불길한 것들에 대한 징후적인 표현일 수 있다. 전반부
과 중반부를 차지하는 시각적인 이미지들은 그 불길함
을 세밀하게 드러내주는 데 기여하고 있지만, 이 풍경
을 다른 차원으로 옮겨놓는 결정적인 것은 "달의 기척
을 향해 컹컹 개가 짖는" 장면이다. 개 짖는 소리는 시
각적인 풍경의 구성을 순식간에 청각적이고 역동적인
것으로 만든다. 여기서 풍경을 수행하는 것은 사람이

아니라 '개'이다. "돌아오지 못하는 것들도 있기 때문이다"라는 마지막 문장은 상황에 대한 어떤 선언을 담은 문장이고, 이 문장은 개 짖는 소리와 함께 풍경을 다른 층위로 옮겨놓는다.

비 오는 저녁의 네거리에서 내 차는 잠시 미끄러지면서 중력을 잃었다 마찰음 탓에 길은 귀를 달고 나는 길을 닮으며 짐짓 외톨이가 되었다 여기서도 한 뼘의 고요는 뭉클하다 신호등의 불빛이 외눈박이에 박힌 것처럼 빗줄기마다 불빛을 골라 숙명을 떠올리는 중이다 초록색은 없지만, 방금 붉은색 신호등은 뚱뚱하고 오래된 나의 기록에 빗금을 친다 옆 차선으로 사이렌 소리와 함께 젊은 날의 내가 도착했다 키릴 문자의 육체를 더듬는 서른 살, 붉은 신호등이 만들어내는 물고기 때문에 아가미로 숨 쉬곤 했다 아가미 호흡은 비늘이 생기는 젊은 사람의 모국어이다 모든 발언권을 얻었기에 흐느끼던 그림자 속에서 질감을 찾아내려는 젊은 날의 복제가 여기 있다 그게 아니라면 누군가가 다시 생을 되풀이하는 거지 저녁이라는 입술이 닫히고 초록빛의 동공이 켜졌다 내가 통과한 네거리는 젊은 날의 내부, 한때 이 거리의 가장 흉흉한 전류가 지나가는 지점이다

—「젊은 날의 내 물고기는 신호등 앞에서
다시 나타난다」 전문

1인칭 화자가 전면적으로 잘 드러나지 않는 송재학의 시에서 이런 시는 흥미롭다. 상황은 이렇다. "비 오는 저녁의 네거리에서" 차가 "잠시 미끄러지면서 중력을 잃"는 사태가 발생한다. 이 사태는 화자를 예기치 않은 상황으로 밀어넣는다. "짐짓 외톨이가 되"어서 "사이렌 소리와 함께 젊은 날의 내가 도착"하는 또 다른 사태가 벌어진다. 이 사태는 네거리의 교통사고라는 공간적인 상황을 젊은 날의 한 시간으로 순간 이동시킨다. "내가 통과한 네거리는 젊은 날의 내부"이다. 풍경에의 개입은 어느 한순간, 하나의 공간을 다른 시간대로 이전시킨다. 돌발적으로 등장하는 '물고기'의 이미지는 풍경이 다른 시간으로 미끄러져 들어가는 매개가 될 수 있다. 풍경에 대한 수행은 '생의 되풀이'라는 선언적인 행위를 통해 이루어진다. 이 시의 경우도 1인칭의 인격적 동일성이 전면적으로 시를 지배하는 것이 아니며, 1인칭은 하나의 공간을 다른 시간으로 진입시키는 매개자의 역할에 머문다.

　　수국 곁에 내가 있고 당신이 왔다 당신의 시선은 수국인 채 나에게 왔다 수국을 사이에 두고 우리는 잠깐 숨죽이는 흑백사진이다 당신과 나는 수국의 그늘을 입에 물었다 정지 화면 동안 수국의 꽃색은 창백하다 왜 수국이 수

시로 변하는지 서로 알기에 어슬한 꽃무늬를 얻었다 한
뼘만큼 살이 닿았는데 꽃잎도 사람도 동공마다 물고기 비
늘이 얼비쳤다 같은 공기 같은 물속이다

　　　　　　　　　　　　　　—「취산화서聚散花序」전문

　이제 송재학 특유의 미학이 하나의 정점에 도달한
시를 읽어볼 수 있다. 이 시는 '당신과 나'라는 2인칭
과 1인칭의 상호작용이 전면적으로 등장한다. 그 사이
에 '수국'이 있다. "당신의 시선은 수국인 채 나에게 왔
다"라는 문장에는 시선 체계의 미묘함이 압축되어 있다.
1인칭 주체가 '수국'과 '당신'을 보는 일반적인 양상을
예상할 수 있지만, 이 시의 시선은 전혀 다르게 움직인
다. '나와 당신' '수국' 역시 누군가의 시선의 대상이며,
'흑백사진'의 일부이다. '나'는 이 장면에서 시선의 주
체도 지배자도 아니다. '나'와 '당신'을 '흑백사진'으로
찍는 것은 누구인가? 아마도 시의 장면을 구성하는 '비
인칭' 혹은 '무인칭'의 숨은 주체일 것이다. "수국의 그
늘을 입에" 무는 '당신과 나'의 행위는 그 흑백의 풍경
을 세밀하고 관능적으로 만든다. 극적인 것은 '수국'을
매개로 한 '당신과 나'의 교감과 접촉이다. 교감은 은
밀하고 접촉은 최소화되어 있다. 흑백의 정지 화면처럼
보이던 이미지는 "왜 수국이 수시로 변하는지 서로 알
기에" 같은 표현을 통해 새삼 생동감을 얻는다. "한 뼘

만큼 살이 닿았는데"라는 수행적 행위는 그 관능의 절정이다. 이 최소의 관능은 수국의 '꽃차례'처럼 작동하기 때문에 최대의 관능이 된다. "같은 공기 같은 물속"에 있는 것들끼리의 교감과 관능이기 때문이다. 이 미분된 풍경 속에서 '나'와 '당신'과 '수국'과 '물고기'는 어떤 위계도 없이 서로의 관능이 되어준다. 풍경의 관능은 완료되는 것이 아니라 끝없이 현전한다.

조선의 청년 시인 진명은 파르스름한 달빛튼 창연한 밤, 대면려관 접대부 산월이를 션유 배에다 태와가지고 죽도 근처로 노질을 하며 흘너갓다

원고지 2백 장 가찹게 애쓴 소셜은 도서회사圖書會社에셔 소포로 도라왓고 밤에는 점점 눈 한 점 붓치지 못하면셔 각혈은 수시로 울컥햇다

권연券煙을 태오면셔 압길이 막막하여 진명은 쇠진한 몸에 침입하여 가삼속을 놀래키는 바람을 생각한다

이제 혼자 하는 말소리로 자기를 위로허여도 못한다

따라온 산월이 또한 진명의 뜻을 마암 가온되서 숭배하기에 자신이 열두 살 때 가정 비극으로 자살하려고 격거온 사실을 이미 고백하얏다

[……]

소셜이 자기 직업이 안이란 걸 시인 진명은 깨우치지 못한다

궁핍의 껍질이 시를 못 쓰게 부추긴 거슨 안이엇다라고 희미하게 알고 잇셧지만 자신의 궁핍이 또한 조선의 궁핍이라는 것도 청년은 자각하지 못햇다

진명은 시는 까맛게 이즈바리고 다시 술을 사괴거나 동래 온정溫泉이나 차즈면서 생을 졈졈 깍고간다

나무에도 돌에도 기대지 못하는 시절이다

결국 앗가온 청년 진명은 자신이 폐병쟁이라는 거슬 알고 자신을 정답게 챙기던 산월과 함께 죽고자 햇다

나는 내 생명의 임자가 안이엇구나, 진명은 탄식햇다

산월은 진명의 눈빗틀 보고 넘우 가삼이 압흐고 쓰리엇다

청명월야 달은 발가셔 두 사람은 져졀로 말갓흔 눈물을 흘넛다

폐병과 가난과 술과 사랑과 죽엄은 오랜 동모 모양 어깨동모 길동모 하면서 본심이 청양하든 청년 시인 진명에게 우슴을 지얏다

풀 끗혜 이슬 생기듯 동모가 또 생기는가 보다

"산월이가 처량하여 할가 바 못 울고 잇지 우는 거슨 그만둡시다"

"에그 져는 별안간에 처량한 생각이 나셔 그러해요"

"산월이 나는 죽는 길노 가려고 결심하여"

"진명 씨 져도 갓치 죽어요"

"아 감사하오 날 갓튼 썩어가는 폐병 인생에게 생명을 앗기다니"

"진명 씨를 모신 거슨 만난을 버셔나 말근 셰계로 가는 무상한 死에 광영이라 생각함니다"

"조흔 각오요 산월이 우리의 져셰상은 흐릴 거시 업슬 거이오"

"진명 씨 져는 만족히 셰상을 떠남니"

"오오 산월이"

—「슬프다 풀 끗헤 이슬」 부분

이 시집의 흥미로운 부분을 이루는 '딱지본' 소설을 인용한 시들을 읽어볼 차례이다. 딱지본 소설은 딱지처럼 '표지가 울긋불긋하고, 값도 싼 이야기책'을 의미한다. 딱지본에 대해 널리 알려진 비평은 김기진의 저 유명한 「대중소설론」이라 할 수 있다.[2] 김기진은 이 딱지

2 "그들이 이따위 책을 사가는 심리는 (1) 울긋불긋한 그림 그린 표지에 호기심과 구매욕의 자극을 받고 (2) 호롱불 밑에서 목침 베고 드러누워서 보기에도 눈이 아프지 않을 만큼 큰 활자로 인쇄된 까닭으로 호감을 갖고 (3) 정가가 싸서 그들의 경제적으로도 능히 1, 2권쯤은 일시에 사볼 수 있다는 것이 다시 구매욕을 자극하므로 드디어 그들은 그 책을 사가는 것이오. 사가지고 가서는 (4) 문장이 쉽고 고성대독하기에 적당하므로, 소위 그들의 '운치'가 있는 글이 그들을 매혹하는 까닭으로 애독하고 (5) 소위 재자가인의 운명애화가 그들의 눈물을 자아내고 부귀공명의 성공담이 그들로 하여금 참담한 그들의 현실로부터 그들을 우화등선케 하고, 호색남녀를 중심으로 한 음담패설이 그들에게 성적 쾌

본 소설에 대해 "표장의 황홀"이라는 표현을 쓰는데, 이것이야말로 딱지본 소설의 물성을 정확하게 말해준다. 김기진은 딱지본의 엄청난 대중적 파급력에 대해 비판하지 않을 수 없었고, 그것은 문학이 '물성'으로서의 상품이 되는 거대한 근대적 변화 앞에서의 불안이었을 것이다. 딱지본의 화려한 표장들은 대중을 이야기의 세계로 유혹하는 시각적 문화 변동의 양상이다. 딱지본은 소설의 문학적 가치보다는 그것이 가진 시각 이미지로서의 화려함에 초점을 맞추어 조명되었다.[3] 송재학 시인이 이 딱지본 소설에서 '시적인 것'을 발견했다면 그것은 흥미로운 사건이다.

위의 시는 1935년 세창서관의 딱지본 『미남자의 루』속의 「슬프다―풀 끗혜 이슬」의 내용을 "발췌 및 인용

감을 환기케 하여 책을 버릴래야 버리지 못하게 하므로 그들은 혼자서만 이 책을 보지 않고 이웃사촌까지 청하여다가 듣게 하면서 굽이굽이 꺾어가며 고성대독하는 것이다." ―김기진, 「대중소설론」, 『김팔봉문학전집 1』, 문학과지성사, 1988, p. 128.

3 "대량 인쇄기술의 도입과 상업적 출판업자들의 등장, 계몽담론의 열정과 근대적 보통 교육에 따른 독자의 증가라는 배경 속에서 출판된 이 소설책들은 조선 시대의 서책의 체재를 혁신한, 회화 이미지가 복제 인쇄된 표지라는 전례 없는 물적 체재를 갖췄다. 딱지본은 책을 상품으로 팔기 위한 책표지 디자인의 최초의 예로서, 표지라는 특권적 위치에 실린 이미지는 책이라는 사물에 시각적 기호를 부여하여 그 차이를 구분하고 독자를 책의 내용으로 유도하는 책 디자인의 핵심적 요소로서의 역할을 했다." ―서유리, 「딱지본 소설책의 표지 디자인」, 오영식, 유춘동 엮음, 『오래된 근대, 딱지본의 책그림』, 소명출판, 2018, p. 612.

첨삭"한 것이다. 이 경우 시적인 것은 어떻게 실현되는 가? 우선 딱지본이라는 근대 초기의 '키치kitsh'에 대해 그 "표장의 황홀"로부터 어떤 과잉을 발견했다고 짐작할 수 있다. 딱지본은 삽화와 활자의 과장, 그리고 스토리와 감정의 과잉을 보여주는 텍스트이다. 미적인 것은 절제와 조화가 아니라, 요동치는 과잉을 통해 표현될 수도 있고, 그것을 이론가들은 '숭고'라는 개념으로 말하기도 한다. 숭고는 미적인 것이 감당할 수 없는 과잉의 범주이며, 미적인 합리성의 반대편에 서 있는 근대의 일부이자 동시에 '근대의 너머'이다.

이 시의 지나치게 과장된 낭만적 파토스는 좌절한 식민지 청년 예술가와 기생의 사랑이라는 스토리를 매개로 한 통속적인 '신파'의 정념이다. 이 정념의 과잉과 그 과잉을 실어 나르는 비장한 화법은 '퇴폐'의 범주에 속한 것이기도 하다. 여기에는 몇 가지 중층적인 맥락들이 있다. 시인 '진명'의 좌절과 연애와 폐병이라는 낭만적 표징들과 죽음의 찬미는 식민지 근대 예술가들의 전형화된 사회적 위치를 보여준다는 점, 아이러니하게도 이 청년 예술가의 식민지 자본주의 앞에서의 좌절 스토리가 딱지본이라는 스토리 상품으로 소비된다는 점, 이 시는 딱지본의 언어를 차용함으로써 딱지본이라는 키치의 저급함을 인용하여 '의도된 유치함'이라는 캠프camp의 전략을 수행하고 있다는 점, 그리고 그 안에서 딱지본 특유의 문체적인 '미학'과 "슬프다 풀 끗헤 이슬"이라는 돌발적인 시적인 이미지를 발굴해내고 있다는 점 등이다. 고급하고 세련된 것을 끌어모아놓는 것이 오히려 예술이 키치로 전락하는 길이라면, 이 시는 낡고 저급하고 과장된 것을 통해 다시 시적인 언어의 범주를 확장하는 다른 차원의 전략을 구사한다. 시적인 도약은 딱지본의 언어를 시집의 언어로 옮겨놓은 그 예술 행위 자체에 의해 실현된다. 이 시가 인용한 딱지본의 정념은 과장된 것이지만, 그것을 시로 옮겨놓는 수행의 과정은 고도로 미학적인 행위이다.

　　자식이 부모보다 먼저 죽는다는 이 글자는 자디잔 가
　시로 가득하다
　　그 가시들은 뼈의 혼란에서 건져낸 것이다
　　가시들은 여기저기 돌아다니다가 결국 잔해를 찾아 눕
　는다
　　가시들은 점점 몸 깊이 박힌다
　　가시들은 서로 찌르다가 제 눈을 찌르기도 한다
　　가시들이 눈물샘에 떠밀려 와서 비로소 참척이라는 뼈
　의 글꼴이 갖추어진다
　　낯설고 빽빽한 획이 그곳에서 프린트된다
　　　　　　　　　　　　　　　—「참척慘慽, 4월의 글자」 전문

이제 송재학의 언어들이 딱지본의 문학사를 통과하여, 어떻게 동시대의 환부로 진입하는가를 보자. 이 시가 배경으로 삼고 있는 '4월의 사건'에 대해서 한국인이면 누구나 짐작할 수 있다. 누군가는 계속 말하지 않을 수 없고, 누군가는 침묵으로 말하고, 누군가는 침묵 같은 시로 말한다. 여기서 이 사건을 이미지화하는 방법은 "자식이 부모보다 먼저 죽는다는" 한자어 '참척慘慽'의 상형문자적 특성을 드러내는 것이다. 이 시의 화자는 그 글자에서 "자디잔 가시"들을 본다. 이 시에 등장하는 행위들의 주체는 그 가시이다. "뼈의 혼란" "잔해" 같은 단어들과 "몸 깊이 박힌다" "제 눈을 찌르기도 한다"라는 표현은 그 가시의 고통을 감각적으로 전해준다. 그 고통을 결정화하는 것은 '참척慘慽'이라는 한자어의 "뼈의 글꼴"이며, 이 "4월의 글자"는 "프린트된다". 고통의 인쇄는 고통을 간접화하는 방식처럼 보이지만, 실은 그 고통의 감각을 시각적으로 더 날카롭게 느끼게 해준다. 고통의 가시는 이 날카로운 상형문자를 통해 현전한다. 이 지점에서 타인의 고통은 소비되는 것이 아니라, 새롭게 충격된다.

저녁의 뻘로 귀얄질하면서 바다의 얼굴은 뭉개어졌다
분명한 이목구비가 없기에 느린 파도는 머리칼을 밀고 간
다 독백이 있어야 할 자리마다 집어등이 차례차례 켜진다

그때 너는 되돌아보았느냐 뻘이란 뻘 모두 사춘기인 것을, 바다가 먼바다를 끌어당기듯 어둠이 어둠을 받아 적는 것도 보았다 그때 너는 너를 끄집어내어 헹구었느냐 바다는, 바다의 모서리마저 점자처럼 더듬거린다 희고 검은 종소리가 물고기 떼처럼 육체를 통과했다 물결이 멈춘 점토판 위에서 너는 무엇이고자 했느냐 담금질이 계속되는 부글거리는 물속, 거꾸로 매달린 수많은 눈동자, 바다의 얼굴은 파도 아래 온전했다 그때 너는 금 간 얼굴을 들었다

——「그때 너는 바다로 들어갔다/
그때 너는 무엇이었느냐」전문

이 시 역시 '그때 바다'의 일에 대해 쓰고 있다고 단언할 수는 없겠다. 하지만 2인칭을 향한 문장들은 그 "바다의 얼굴"을 계속해서 떠올리게 한다. 이 시의 매혹적인 이미지들보다 더 문제적인 것은 '너'의 행방이다. "너는 되돌아보았느냐"라는 문장 속에서 '너'는 "바다의 얼굴"을 보는 자인 것처럼 보인다. 그런데 다른 사태가 벌어진다. '너'는 다만 보는 자가 아니다. "너는 너를 끄집어내어 헹구었느냐"라는 또 다른 문장에서 '너'의 위치는 바뀐다. '너'는 보는 자이면서 바다에 빠진 자이고, 또한 바닷속의 '너'를 들어 올리는 자이다. "너는 무엇이고자 했느냐"라는 질문에서 '너'는 다만 '나'

의 호명의 대상이 아니라, '나'와의 상호적 관계 속에서
그 잠재성을 드러내는 무한한 얼굴이다. '너'야말로 이
시에서 풍경의 수행자이며, 풍경을 생성하는 주체이다.
얼굴은 의미 맥락을 넘어서고 하나의 의미로 규정될 수
없는 무한의 바다에 있다. 얼굴은 '뭉개진 얼굴'이고
"금 간 얼굴"이며, 볼 수 없는 얼굴이면서, 다시 '너' 자
신이 건져 올리는 얼굴이다. '너'는 그 얼굴의 무한처럼,
2인칭의 자리에 붙들려 있지 않는 '무한한 너'이다.

　'너'는 '나'의 시선의 대상이 아니라, 어두운 바다에
서 '너' 자신을 건져 올리는 능동적 존재가 된다. 시는
익명의 수행자가 풍경을 탄생시키는 행위이며, 풍경의
얼굴을 드러내는 무한의 언어이다. 송재학의 풍경은 시
선의 프레임에 갇히지 않는다. 풍경에 대해 '나'의 지
배력은 무화되고, '나'는 익명적인 존재가 된다. 풍경에
서 예기치 않은 다른 인칭의 얼굴이 나타난다. 풍경은
안과 밖이 없는 미지의 사건이 된다. 시는 시를 어두운
바다에서 "끄집어내어 헹구고", 모든 "금 간 얼굴"들을
현전시킨다. 애도가 언제나 실패하는 것이라면, 저 무
한한 언어만이 바다에 들어간 얼굴들을 건져 올릴 수
있다. ▨